„Darf man nur einen Menschen lieben?"

Tim Schönhaupt

Aanis Aadon

Venusglöckchen

Intimnatur eines Starfotografen

Bibliografische Information der Deutschen Nationalbibliothek:
Die Deutsche Nationalbibliothek verzeichnet diese Publikation in der Deutschen Nationalbiografie; detaillierte bibliografische Daten sind im Internet über http://dnb.dnb.de abrufbar.

Herstellung und Verlag: BoD – Books on Demand, Norderstedt

ISBN: 978-3-7392-2181-6

Venusglöckchen

I

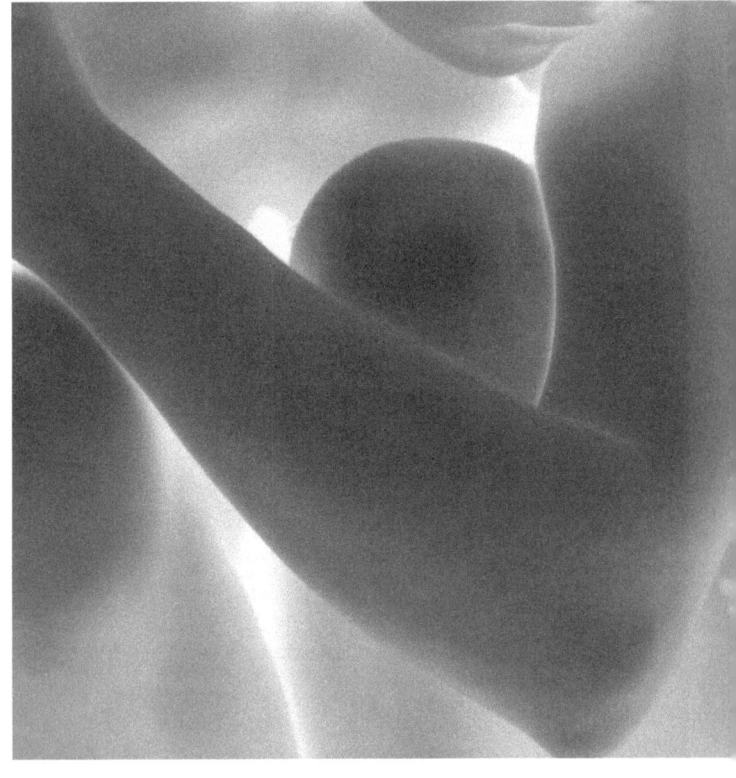

„Lasse dich gehen!"

Tim Schönhaupt

Dunkler Dezemberabend. Der Wind drückt neugierig gegen das Fenster und spielt unbeschwert mit dem Laub. Die Fußbodenheizung im Bad verströmt wohlige Wärme. Auf der Fensterbank flackern Teelichte. Mir gegenüber und in meinem Rücken stehen Kerzenkandelaber. Alles ist in warmes oranges Licht getaucht.

„Lasse dich gehen!", raune ich Jessie leise zu. Die Spitzen meiner Lippen streichen sanft über ihr Ohr. Ihre Haarsträhnchen kitzeln meine Nase. Zärtlich nehme ich ihr Ohrläppchen in den Mund und gebe es nach einem kurzen Lutschen wieder frei.

Jessies weiche Finger bezähmen den quirligen Wasserstrahl. Ich sitze auf dem Wannenrand und genieße, wie das nackte Mädchen vor mir sich lustvoll windet. Ihr betörendes Becken schwingt sacht hin und her und sie richtet den hart perlenden Duschstrahl präzise auf ihren Kitzler.

Ich schiebe die Vorhaut meines Penis langsam vor und zurück und bin froh, dass die hinreißende Blondine sich auf dieses scharfe Spiel eingelassen hat. Keuchend öffnet sich ihr verführerischer Mund und ich erkenne die Ansätze makelloser Zähne; Elfenbein in roter Seide.

„Aaahhh, es geht nicht, wenn du zuguckst!", bedauert sie.

Ihre Augen bleiben geschlossen; sinnlich flatternd. Ihre bebenden Lider sind von zarten Äderchen durchzogen wie eine malerische Flusslandschaft.

„Kein Problem. Ich gehe raus", erwidere ich leicht enttäuscht.

Doch zuvor verstärkt meine Faust den Griff um meinen stahlharten Bolzen. Ich hole tief Luft und verspritze in einer schlagartigen Entspannung schwallweise und in hohem Bogen mein Sperma auf Jessies weißes Fleisch.

Einer der warmen Spritzer trifft ihre wohlgeformte Brust und bildet neben ihrem steifen Nippel zwei weiße Flecken. Sie wirken wie treibende Eisschollen, die sich am Fuße eines steil aufragenden Vulkans nach dessen Eruption sehnen.

Der Rest meines Ergusses fließt langsam über die Landkarte ihrer ästhetischen Bauchmuskeln, an ihrem Nabel vorbei, direkt in das gefurchte Tal zwischen ihren Beinen. Der heiße Wasserstrahl packt erbarmungslos die kleinen Samenfädchen und spült sie über die dunklen Schamlippen von Jessie.

Einige der Spermien werden von rot lackierten Fingernägeln erfasst, um gleich darauf in das empfindliche Röschen zwischen den weit gespreizten Beinen einmassiert zu werden. Nur allzu gern ergeben sich meine hilflos zappelnden Spermatozoen dieser geballten weiblichen Übermacht.

Ich hätte ihr lieber ins Gesicht gespritzt, doch der Moment dreht sich um Jessie. Ich will, dass sie kommt und lenke sie nicht weiter ab. Ich reibe die Reste meines Ejakulats an Jessies frisch rasierten Schenkeln ab; wie Zuckerguss von einem Liebeslutscher.

Dann gehe ich ins Schlafzimmer, werfe mich auf das große wabernde Wasserbett und richte den Blick gegen die Zimmerdecke. Die Arme verschränke ich hinter meinem Kopf und dann lasse ich mit zufriedener Miene mein Liebesleben Revue passieren.

II

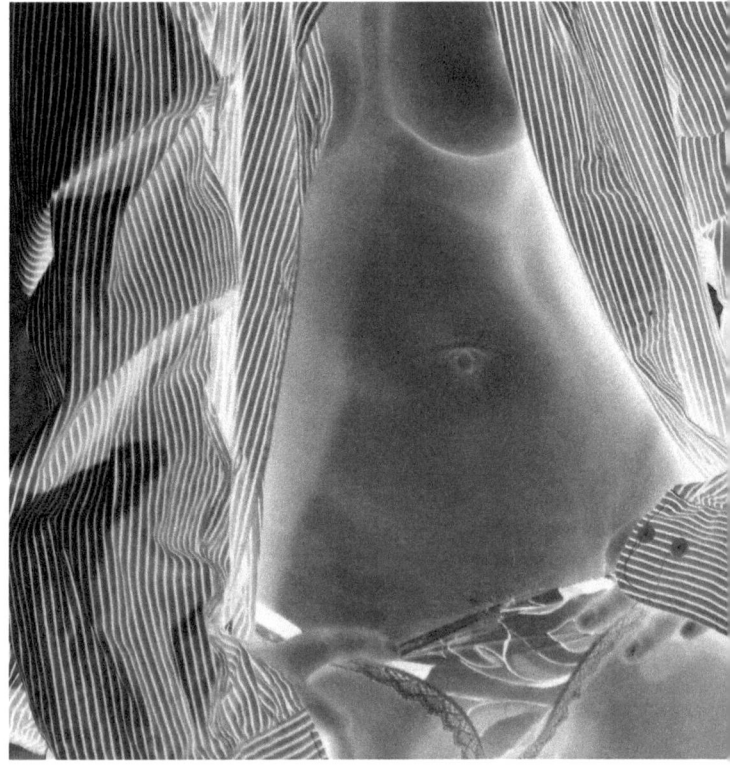

„Mein Name ist Programm“

Tim Schönhaupt

Anfangs war ich schüchtern. Das unbeholfene Muttersöhnchen in mir nagte an Selbstzweifeln. Meine Psychotherapeutin attestierte mir, dass ich in der Kindheit sträflich vernachlässigt wurde. Meine Beziehungen waren gekennzeichnet von Übertragungen. Ich lechzte nach der verlorenen Mutterliebe, die mir als Kind ständig entzogen wurde.

Ich bin eindeutig beziehungsunfähig im Sinne einer konventionellen Partnerschaft zwischen Mann und Frau. Eine normale Frau möchte einen Mann nicht wie einen Sohn bemuttern, weswegen meine Beziehungen zu solchen Damen regelmäßig in die Brüche gingen.

Doch die andere Seite der Medaille sah dann gar nicht so schlecht aus. Was immer ich in Angriff nahm, musste perfekt werden. Ich strebte in allem nach der Belohnung in Form des letzten Quäntchens Liebe.

Mal geschah dies in Form von internationalen Auszeichnungen und dann natürlich auch durch monetäre Anreize. Meine Bankkonten sind reichlich gefüllt und in jeder meiner Wohnungen liegen Gold und Bargeld im Tresor.

Die warmen Monate verbringe ich auf meiner weißen Segelyacht auf Korfu. Meine elegante schwarze Audi-Limousine trägt mich einen Teil des Weges dort hin.

Ich bin Tim Schönhaupt, Starfotograf, und ich erfülle sämtliche Klischees dieser verruchten Berufsgruppe. Ich bin erfolgreich, männlich attraktiv, mit Dreitagebart an fast allen Stellen meines durchtrainierten Körpers.

Mein Name ist Programm.

Mir gehören Studios in fünf Weltmetropolen und meine Auftragsbücher sind voll mit Aufträgen jedweder Couleur, hauptsächlich jedoch aus dem Fashion- und People-Bereich.

Meine hübschen Models lege ich regelmäßig flach. Wenn sie es denn wollen. Zwang kann und will ich nicht anwenden. Dafür sind mir weibliche Geschöpfe zu heilig. Auch das ist ein manchmal lästiges Überbleibsel meiner Persönlichkeitsstörung.

Es ist im Übrigen ein Fehlglaube, dass der Fotograf immer das perverse Arschloch ist, welches die ach so unschuldigen und unberührten Fotomodelle verführt.

Wenn ich alle Fälle in Betracht ziehe, behaupte ich sogar, dass meistens die Mädels den Anfang machen und es faustdick hinter den Ohren haben. Unschuldig ist höchstens ihr Blick; unberührt das Kreuz an der festen Kette um ihren Hals.

Allerdings muss ich gestehen, dass ich mich auch immer sehr charmant um meine Schützlinge kümmere. Ich lache und teile gern meine Geschichten mit ihnen und ich spare nicht mit ernst gemeinten Komplimenten. Ich muss kein Interesse heucheln, da meine Faszination für diese himmlischen Kreaturen echt ist. Und ein gut aussehender erfolgreicher Mann, der ihnen freundlich aber bestimmt zeigt, wo es lang geht, wirkt attraktiv und lässt sie schnell die Kontrolle an ihn verlieren.

Die lichtkünstlerische Tätigkeit ist eine sehr sinnliche Profession. Ich sorge stets dafür, dass sich die Models an der jeweiligen Location in einer Wohlfühlatmosphäre wiederfinden. Entspannte Musik beschallt leise die Studios. Das Licht ist gedämpft. Die Mädels haben es immer kuschelig warm und werden mit edlen Snacks und Getränken versorgt. Es lässt sich nicht immer vermeiden, mit Assistenten zu arbeiten, aber meistens beschränkt sich das anwesende Personal nur auf meine Visagistin.

Svenja stellt den weiblichen Faktor meines Erfolges dar. Die gebürtige Schwedin ist schlank und besticht durch ihre glatten blonden Haare, die ihr bis auf den Ansatz ihres knackigen Hinterteils gleiten. Ihr Körper, ihre Gesten, ihr hübsches Gesicht – sie steht den

Fotomodellen in nichts nach. Im Gegenteil, sie können noch viel von ihr lernen.

Svenja und ich ergänzen uns nicht nur beruflich perfekt, sondern auch sexuell. Sie geht den Models und mir gern und geschickt zur Hand.

Missgünstige Widersacher und Neider behaupten, dies sei unprofessionell. Doch viele meiner erfolgreichsten Werke brillieren nur deswegen so erstklassig, weil in den verträumt dreinblickenden Fotomodellen nur wenige Minuten zuvor noch mein harter Phallus oder Svenjas zuckende Zunge steckten.

Mit einigen unserer ehemaligen Fotomodelle verbindet uns auch heute noch eine tiefe Freundschaft und wir würden uns viel öfter treffen, wären da nicht die leidige Zeitnot oder die ferne Distanz.

III

„ Es kann doch nicht falsch sein,
wenn sich etwas so gut anfühlt "

Tim Schönhaupt

Schon während meiner Kindergartenzeit zog es mich zu einem hübschen Mädchen hin. Sie hieß Nadja und sah auch so aus.

Wir fühlten uns beide zueinander hingezogen und trieben uns gern in der Gegend des kleinen Dorfes herum, in dem wir zusammen aufgewachsen waren.

Eines Tages saßen wir am Waldrand und spielten mit dem märkischen Sand, während gegenüber eine Rotte Wildschweine vorbeizog. Es war ein herrlicher Tag. Die Sonne schien und es wehte ein lauer Wind. Die Nadelbäume waren in sattes Dunkelgrün gehüllt. Um uns herum wucherten Rainfarn und Beifuß. Der Duft des Waldes umfing uns wohlig. Eine Bache wühlte schnaufend im Boden und kleine gestreifte Frischlinge tapsten unbesorgt umher. Ein ehrfurchtgebietender Keiler bewachte die Szene.

Ich hielt mich gebückt und bewegte mich trotz Nadjas eindringlicher Warnung auf die Waldwesen zu. Ich robbte hinter einen kleinen Sandhügel und winkte Nadja heran. Sie glitt zu mir und legte sich neben mich. Eng drängte sich ihr kleiner drahtiger Körper an meinen. Sie zitterte. Der Wind trug den unverkennbaren Geruch der Wildschweine zu uns.

Plötzlich erschien ein weiterer Keiler am Waldrand und schabte mit seinen mächtigen Hauern an einem Baum. Das Geräusch klang gruselig und ging uns durch Mark und Bein. Der »Wächtereber« rannte wild und mit gesenkten Hauern auf seinen Rivalen zu. Dieser ergriff sofort die Flucht in den Wald. Dann drehte unser Eber um und stolzierte zu der Bache. Sie drehte sich jedoch von ihm weg. Er rieb zärtlich seine Hauer an ihr. Dann erhob er sich und schwang sich auf ihren Rücken.

Wir wussten, was er vorhatte. Gleich würde er seiner Bache die Brunftrute zwischen die Beine schieben und sie begatten. Ich betrachtete intensiv meine kleine Freundin Nadja. Sie schaute mit hochroten Wangen zu, wie der Keiler versuchte, seine Freundin mit den Klauen zu packen, um es ihr gleich darauf ungezügelt zu besorgen. Nadjas Augen waren weit geöffnet. Ihr Blick erwartete den Tierfick, bei dem der Keiler am Ende massenhaft Sperma in sein Weibchen pumpt.

Doch die Bache zickte herum und sprang grunzend zur Seite. Der Keiler zog belämmert von dannen und versuchte es auch nicht mehr. Er nahm die Bewachung wieder auf und die kleine wilde Truppe entfernte sich von uns.

Unsere unschuldigen Spiele drehten sich häufig um die Erfüllung der mehr oder weniger vorgelebten Familienklischees. Nadja bereitete mir in ihrer Plastikküche das Abendessen, während ich den müden Papa mimte, der von der anstrengenden Arbeit nach Hause kam, um sich erschöpft in den Fernsehsessel zu lümmeln.

Ich ahnte damals schon, dass es viel mehr zwischen Mann und Frau gab, als nur dieses scheinheilig inszenierte konventionelle Eheleben. Ich spürte ein Verlangen in mir, welches ich seltsamerweise unterdrückte. Und ich wusste nicht warum. Nadja hantierte mit ihren Puppenmöbeln. Ich sah zu.

Mich störten ihr langweiliger Ringelpulli und die rosa Stoffhose. Sie sollte sie ausziehen. Gern hätte ich ihr dabei geholfen, um mich anschließend auch zu entkleiden. Dann würde sie nackig kniend auf dem Teppich weiterspielen. Und ich würde nackt in dem Sessel über ihr thronen. Mich erregte dieser Gedanke. Es kann doch nicht falsch sein, wenn sich etwas so gut anfühlt.

„Nadja, hast du Lust, mir deine Muschi zu zeigen?", fragte ich sie in einem Anfall von Übermut.

Doch der Satz überzeugte sie nicht.

Sie verneinte vehement und widmete sich, nach einem schüchternen Augenaufschlag in meine Richtung, sofort wieder ihrer Plastikmahlzeit.

„Ich zeige dir auch meinen Puller", versuchte ich, zu verhandeln.

Nadja wollte nicht. Sie schob diese Ablehnung auch in den Folgejahren wie ein Bulldozer seinen Erdwall vor sich her.

Mein einziger amouröser Erfolg beschränkte sich auf ein kleines feuchtes Küsschen von Nadja in den weißen Fliederbüschen vor ihrem Haus.

Sie blieb das unerfüllte Ziel meiner Träume. Für mich gab es nur meine große Liebe Nadja. Diese unerfüllte Sehnsucht wurde noch stärker, als ich mit meiner Familie nach Berlin zog. Nadja blieb zurück in dem kleinen Dorf und ich musste fortan ohne sie leben.

IV

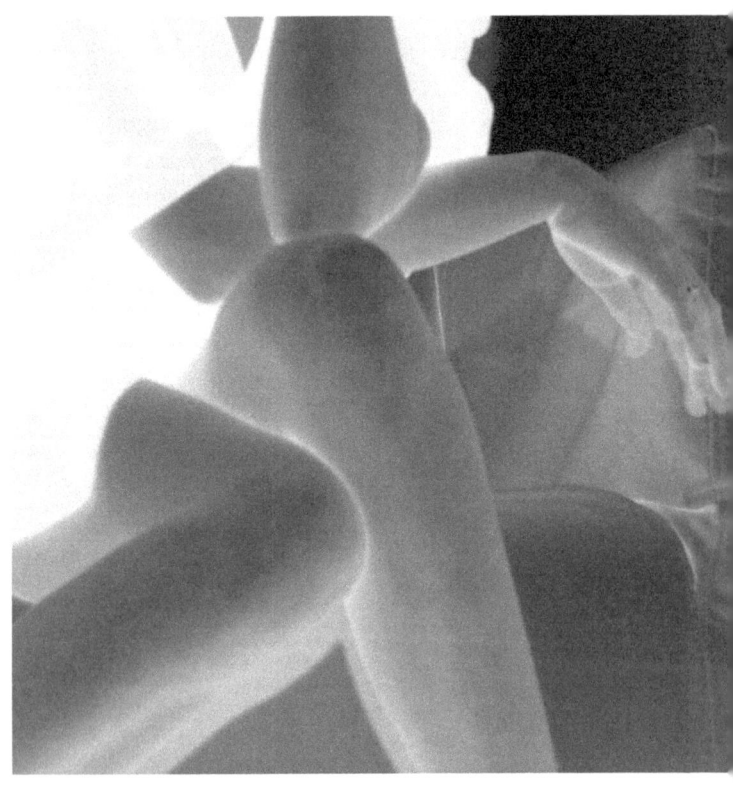

„Wenn ich eine Tüte Gummibärchen aufreiße,
dann will ich sie auch vernaschen"

Tim Schönhaupt

Neue Freunde und vor allem die hübschen Schulkameradinnen ließen meine Erinnerung an das kleine Mädchen vom Lande verblassen und den glühenden Trennungsschmerz erkalten.

Da gab es zum Beispiel die stets sehr lustbetonte und gut aussehende Ira. Ihre obszönen Anspielungen und kessen Sprüche ließen nicht nur bei mir verschämt eine dicke Beule in der Hose stehen. Auch die anderen Jungs waren empfänglich für ihre schamlosen und sexistischen Äußerungen.

In meinen Träumen befand ich mich mit Ira in der dunklen Nische einer verwinkelten Baustelle unseres Wohnviertels. Dort, zwischen den öden Plattenbauten, öffnete ich ihr heimlich den Knopf ihrer Hose. Ich habe noch genau vor Augen, wie mein Daumen das bronzefarbene Messingstück langsam durch den gesäumten Schlitz ihrer Jeans drückt. Dann ziehe ich den goldenen Reißverschluss ihrer Hose nach unten. Langsam teilt er sich und die Enge ihres aufregenden Beckens treibt die beiden Seitenteile auseinander. Ich streife die enge Textilie sachte über ihre wohlgeformte Hüfte. Unter dem dunklen Stoff kommen ein dünner rosa Slip mit Rüschen und die straffe reinweiße Haut Iras zum Vorschein.

An dieser Stelle endete allerdings meine Fantasie, denn mir fehlte jegliche Vorstellung davon, wie es weitergehen musste. Ich konnte ja nicht ahnen, dass kurz darauf die Realität jegliche Utopie übertraf.

Ira lud uns zu ihrem Geburtstag ein.

Es waren fünf Mädchen und drei Jungs anwesend. Wir befanden uns in dem Alter, in dem alles herrlich spross. Die Jungs zählten ihre ersten Sackhaare und die Mädchen versuchten, ihre hügeligen Brustbeulen zu verbergen oder zu betonen – je nach Veranlagung. An diesem Tage waren ausnahmslos Mädels anwesend, die damit kein Problem hatten und gern zeigten, was bei ihnen gedieh. Ärsche und Titten wurden, züchtig verhüllt aber freudig betont, vor unseren Augen hin und her geschwungen.

Wir Jungs himmelten besonders Sonja und Ira an. Sonja war schlank, wies aber bereits die charakteristischen Rundungen einer jungen Dame auf. Sie trug knallenge Jeans und ein bauchfreies Top. Der winzige Bauchnabel auf ihrer glatten Haut brachte uns um den Verstand und insgeheim wünschten wir, dass ihr Top noch ein wenig höher glitt, um den Blick auf ihre geilen Brüste freizugeben.

Da Ira Geburtstag hatte, musste es keinem peinlich sein, wenn er sie etwas weniger heimlich als sonst bewunderte. In unseren Gedanken vernaschten wir sie schamlos und angespitzt versuchten wir uns auf dem viel versprechenden Gebiet des Röntgenblicks. Hatte sie nun Unterwäsche an oder nicht? Sebastian war der Meinung, er hätte ihre Spalte blitzen sehen. Aber keiner von uns traute sich, ihr Röckchen zu lüften, um allen Anwesenden Klarheit zu verschaffen. Es war auch viel schöner, wenn dieses letzte Quäntchen Ungewissheit blieb und unsere Fantasie die Dauererektionen in unseren Schößen anfeucrte.

Während wir Ira mit den Augen vernaschten, vertilgten wir die obligatorischen Würstchen, Kuchen und Limonaden. Ein donnernder Ghettoblaster bewarf uns mit synthetischen Industrieklängen englischer Bands. Unsere Partys entwickelten sich gerade von den unschuldigen Papphutfeiern der Vorschulkinder zu den wilden Pop-Gelagen ungezügelter Teenager.

Doch wie jede gute Feier endete auch diese. Nach und nach verabschiedeten sich alle und machten sich auf den Heimweg. Am Ende saßen nur noch Ruben und ich auf der roten Couch, wo bunte Kissen und Kuscheltiere um die Übermacht rangen.

Wir versuchten, unseren Abschied so lange wie möglich hinauszuzögern. Wir wohnten im selben Hochhaus und somit durften wir noch ein bisschen bleiben.

Ruben biss herzhaft in sein Kuchenstück und schob die Krümel unauffällig unter das fette Hinterteil eines großen Bären. Ich knabberte an meiner Wurst und versuchte, herauszufinden, wie viel Senf ich mit einem Bissen vertrug, ohne dass mir die brennende Schärfe Tränen in die Augen trieb.

Der letzte oberflächliche Gesprächsstoff war verebbt und verklemmtes Schweigen drohte, den Raum zu fluten. Es brach jedoch an dem Einwurf von Ira. Sie lehnte mit verschränkten Beinen am Schreibtisch. Die Tischkante schwelgte in dem Glück, von Iras anmutiger Hand berührt zu werden. Und während sie an einer Gewürzgurke lutschte, fragte das unschuldige Schulmädchen: „Was machen wir jetzt Jungs?"

Dann ließ die kleine Azubine des Teufels wie nebenbei das Zauberwort einer mächtigen Hexe fallen: „Ficken?"

Hatten wir uns verhört? Hatte sie uns gerade den Geschlechtsverkehr angeboten?

Ruben und ich hörten auf, zu kauen und schauten uns ungläubig an.

„Okay? Zieh dich aus!", verlangte ich skeptisch und musste aufpassen, dass mir mein Senfwurstgemisch nicht aus dem Mund fiel. Ruben grinste mit dicken Kuchenbacken.

„Erst ihr", tat sie ihren Wunsch kund. Sie bemerkte das unsichere Zögern unsererseits und fing an, zu verhandeln.

„Lasst es uns wie folgt machen: Ruben geht erst mal raus und wir beide zeigen uns nackt voreinander. Anschließend gehst du raus und Ruben und ich zeigen uns nackig."

Dieser Plan war akzeptabel. Also wurde Ruben ins Schlafzimmer von Iras Eltern verfrachtet und Ira und ich schlossen uns in ihr Jugendzimmer ein.

Eine gefühlte Ewigkeit standen wir einfach nur voreinander da. Neugierig verlegen musterten wir uns.

„Na los. Hose runter!", verlangte sie mit leuchtenden Augen und klimperte mit den Wimpern.

Ich öffnete fügsam und bereitwillig meinen Gürtel, knöpfte mir den Hosenstall auf und streifte die enge Jeans ab. Beim Versuch, den Socken zu entschlüpfen, landete ich tollpatschig auf dem Sofa.

Ira kicherte und fing ebenfalls an, sich zu entblößen. Bei ihr ging es schneller. Sie hatte nur den kecken Minirock an und darunter – nichts. Ihr weicher weißer Strickpullover verdeckte nur kurz ihren Po und ihre Pflaume, bevor sie die dicke Wolle über den Kopf zog. Sie gab den Blick auf niedliche kleine Igelschnäuzchen frei, die nur wenige Zeit später zu zwei sehr schönen Brüsten heranreifen sollten.

Ira stand mit zusammengekniffenen Beinen da. Ihre Hände verdeckten ihre Scham. Sie zog ihre Schultern weit nach vorn, um zwischen ihnen ihre kleinen Venusglöckchen zu verstecken. Das misslang gründlich und sorgte bei mir für die naturgegebene Reaktion: mein Schwanz reckte freudig seinen Kopf in die Höhe, nachdem er mit so viel überbordender Weiblichkeit konfrontiert wurde. Diese näherte sich mir katzenartig; als schritten Samtpfötchen durch Bruchglas.

Ich warf meinen Pulli auf den Boden und zog mir verschämt ein Kopfkissen über meinen steifen Pimmel. Ira nahm neben mir Platz und umging meinen daunengefüllten Schutzschild, indem sie sich unter den knappen Stoff schob. Widerstand war zwecklos und auch nicht erwünscht. Wenn ich eine Tüte Gummibärchen aufreiße, dann will ich sie auch vernaschen.

Ira schaute mir tief in die Augen und hob mit ihrer Linken das Kissen an. Ihr Blick wanderte langsam über meine jugendliche Hühnerbrust und das schemenhafte Sixpack an meinem Bauch nach unten. Sie sah den erregten Schniedel und formte das süßeste Lächeln, welches ich je erblicken durfte.

Auch ich wollte sie gänzlich nackt sehen. Ich nahm das Kissen weg und legte es neben uns. Zwischen ihren Beinen erblickte ich eine formvollendete, mit leichter Gänsehaut überzogene Muschi.

„Darf ich?"

Meine Finger näherten sich langsam den zarten Hautpölsterchen. Ira nickte verlangend und glitt mit ihren Fingerspitzen an der Innenseite meines Oberschenkels hinauf zu der dicken pulsierenden Stange mit dem faltigen Hodensäckchen am Ende, in dem es wild rumorte.

Mir wird der Moment der Berührung immer gegenwärtig bleiben. Unbeholfen drückte ich ihren Venushügel und ihre äußeren Schamlippen, während sie ihre Finger auf meinen Schwanz legte und diesen endlich umgriff. Ich schloss die Augen und stöhnte.

„Schön, oder?", flüsterte sie mir ins Ohr, während ich mit meinem trockenen Mund nur bestätigend nicken konnte.

„Du bist das schönste Mädchen der Welt Ira", schoss es mir durch den Kopf. „Für dich würde ich alles hergeben. Mein Fahrrad, meinen Chemiebaukasten, mein Leben."

„Jetzt ist aber der Ruben dran", unterbrach der teuflische Engel abrupt meine Gedanken, während mein Zeigefinger gerade im Begriff gewesen war, ihren Kitzler einzuschalten.

Enttäuscht tauschte ich Muschi gegen Kissen und versteckte meinen Pillermann. Ira sprang ausgelassen auf, um die Tür zu öffnen und ich quälte mich verschämt hinaus. Ruben grinste, als er an mir vorbeiging.

„Du hast ja einen Leberfleck am Arsch", bemerkte er beiläufig.

„Stimmt", dachte ich so bei mir und stand nackt und allein im kalten Schlafzimmer.

Auf dem großen Bett, in dem Ira wahrscheinlich hergestellt worden war, sinnierte ich über die Existenz von Leberflecken. Worin lag der Zweck dieser kleinen braunen Hautbuckel? Und wenn sie ohne Bedeutung waren, dann gab es bestimmt auch andere Dinge, die keinen Sinn machten. Wenn die allmächtige Natur sinnlose Dinge erfindet, dann ist es doch auch nicht schlimm, wenn ich sinnlose Sachen mache; zum Beispiel in diesem Zimmer herumzusitzen, während Ira sich nebenan vielleicht den Puller von Ruben in ihre Muschi schob.

Alles andere als zügig, zog zäh die Zeit im zappendusteren zugigen Zimmer ziemlich zaghaft zaudernd zum zarten zehnten Schlag der zierlichen Uhr mit den zögernd zuckenden Zeigern. Die Zimmertür zwischen mir und Ira öffnete sich und ich trollte mich zu dem inzwischen sehr nackten und ebenfalls sehr erröteten Ruben auf die Couch. Ira drängte sich mit ihren üppigen Arschbacken zwischen uns und schaute bedauernd hin und her.

„Jetzt müsst ihr aber leider gehen. Meine Eltern kommen gleich."

V

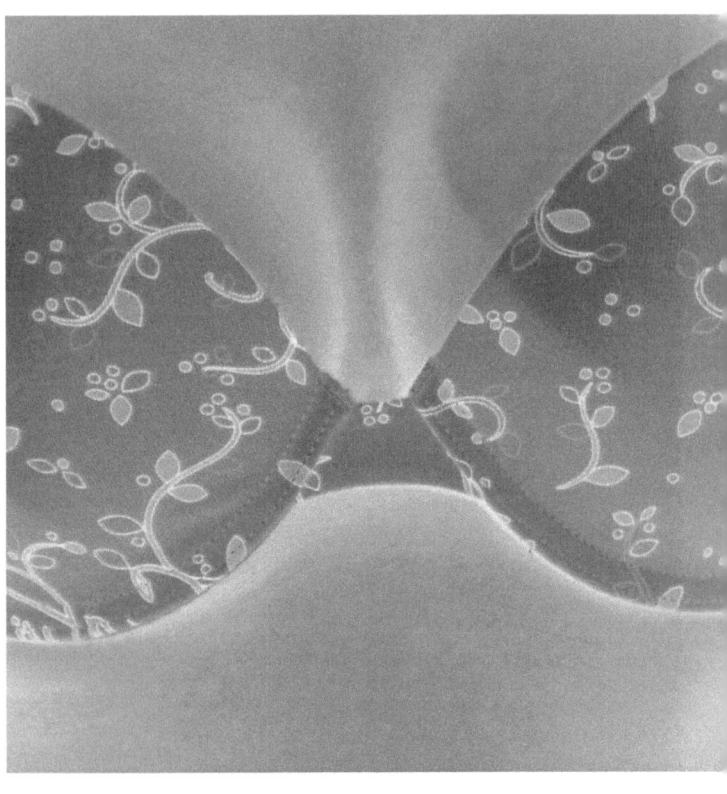

*„ Ich wurde süchtig nach
dem magischen schwarzen Blitz "*

Tim Schönhaupt

Mit meinem ersten Samenerguss machte ich im Alter von zwölf Jahren Bekanntschaft. Eines nachts wachte ich mit einer völlig durchnässten Unterhose auf. Ich stocherte mit den Fingerspitzen in dem Schleim herum und fragte mich, was es mit dieser weißlich bis durchsichtigen und nahezu geruchlosen Flüssigkeit auf sich hatte.

Mein Forschergeist war geweckt.

Ich beobachtete mich des nächtens so gut es ging und stellte fest, dass diese Erscheinung die Folge der Reibung meines steifen Lümmels war. Wenn ich diesen ausreichend lange an der Matratze scheuerte, löste das ein überwältigendes Gefühl aus. Kurz bevor es zur Absonderung des eigentümlichen Saftes kam, fühlte es sich an, als ob ein hauchzarter Blitz aus dem allumfassenden Universum direkt in mein Gehirn schoss und es für Nanosekunden außer Gefecht setzte. Mein Denken und die Kontrolle über meinen Körper versagten für die kaum wahrnehmbare Dauer dieses Augenblicks.

Das machte Spaß!

Ich wurde süchtig nach dem magischen schwarzen Blitz. Täglich drückte ich meinen Unterleib in die Schlafunterlage und erfreute mich an den kommenden Samenergüssen, zusammen mit dem übernatürlichen Zucken und Schaudern, welches damit einherging.

Meine Kumpels kannten so etwas noch nicht. Deswegen weihte ich sie in die Geheimnisse dieses transzendentalen Rituals ein.

Es war lustig, mit anzusehen, wie abends im Sommerlager unsere Unterleiber in den Betten auf und ab hüpften und die erigierten Penisse abwechselnd versteckten und wieder freigaben, um endlich die Laken und Handtücher spritzfreudig einzusauen. Draußen zirpten Grillen.

Die hübschen Mädchen vor Ort fachten unsere Fantasie an. Wir schlichen in der Nacht zu ihnen. Dabei kämpften wir uns durch dornige Büsche und umgingen das Lager auf verschlungenen Pfaden. Unsere Belohnung waren junge Grazien, die in hauchzarten Nachtgewändern vor uns saßen. Ihre kleinen Hügelchen und die aufregenden Slips zeichneten sich unter den dünnen Stoffen schemenhaft ab. Manch einer von uns fing just an, versteckt zu masturbieren.

Auch ich spritzte bei einem dieser Besuche heimlich meine volle Ladung in das duftende Kopfkissen von Trixie, während sie mit den anderen Mädchen am Tisch saß und mit ihren schwarzen Kulleraugen verträumt zu mir hinüberblickte. Sie hat damals bestimmt mitbekommen, was unter ihrem wackelnden Kissen in meinem Schoß geschah. Sie bemerkte es spätestens, als sie sich ins Bett legte und ihre Finger oder gar eine ihrer rosigen Wangen mein liebevolles Schleimgeschenk in Empfang nehmen durften. Sie hat sich nie bei mir bedankt.

Später erfuhr ich im Rahmen des Aufklärungsunterrichtes an unserer Schule, worum es sich überhaupt bei der ganzen Palmenwedelei handelte. Zu diesem Zeitpunkt war ich aber bereits Masturbationsprofi und mich interessierten viel mehr die Mechaniken und Abläufe im weiblichen Körper.

Jeder kennt wahrscheinlich die Querschnittzeichnungen, auf denen der erigierte Penis in den Unterleib der Frau eindringt. Bis ich das jedoch in natura erleben durfte, verging noch viel Zeit mit mir selbst.

An Mädchen mangelte es nicht. Allerdings waren diese viel zu verschüchtert und überfordert von meinen unverschämten Handlungsanweisungen. Mehr oder weniger nackt, knutschten und streichelten wir uns. Mehr war nicht drin. Nur wenige trauten sich, meinen Schwanz anzufassen. Er wirkte groß und fremdartig und stand weit von meinem langen dürren Jungenkörper ab.

Ich hatte keine Vorstellung davon, wie schön es ist, mit einer anderen Person innig zu verschmelzen und somit konnte auch keine Sehnsucht nach diesem Gefühl erwachsen.

Meine härteren erotischen Abenteuer bestanden darin, in abgegriffenen Pornoheften zu stöbern oder mit sehr freizügig bebilderten Skatkarten zu spielen, die ein Kumpel seinem Vater geklaut hatte. Deren rückseitige Fotografien brannten sich mir ein: Frauen mit üppiger Dauerwelle hielten armdicke Penisse zwischen ihren Zähnen. Behaarte Muschis nahmen zwei Schwänze in sich auf. Prallbusige Weiber steckten die dicken Dinger in ihr enges Arschloch. Mich schüchterten solche Motive eher ein.

Der Biss auf die empfindliche Eichel tat bestimmt weh. Und wie sollten zwei Schwänze in eine so enge Muschi oder gar in ein Arschloch passen? Das muss den Frauen doch Höllenqualen bereiten.

Doch meine Kumpels klärten mich versiert auf und wiesen mich darauf hin, dass das in diesem Bereich alles weich und dehnbar sei. Zum Beispiel tut die eigene Kackwurst ja auch nicht weh und die ist schließlich fast so dick wie einer dieser Schwänze.

„Oder schau dir unsere Mathelehrerin an. Achte mal auf den Platz zwischen ihren Beinen. Die steckt sich bestimmt immer gleich zwei Schwänze rein."

Die Beine von Frau Leitner berührten sich an der Stelle ihrer Muschi nicht. Ihre Jeans ließ im Schritt eine Art Brücke zwischen den Beinen erkennen. Sie verfügte bestimmt über ein Riesenloch, welches mehrere Pimmel verschlingen konnte.

Ich hatte einen gähnenden Abgrund vor Augen, in den massenhaft Lianen und andere Schlingwurzeln hineinglitten.

Die Anatomie unserer schönen Englischlehrerin gestaltete sich dagegen ganz anders. Bei der heißen Brünetten war alles stramm und eng gepackt. Zwischen ihre Beine passte nicht einmal ein Bleistift. Eher hätte man eine Salami durch ein Schlüsselloch gedrückt.

Arme Frau Ahrens! Sie war bestimmt noch Jungfrau oder ganz und gar zugewachsen, weil sich kein Mann traute, eine so wunderschöne Frau anzusprechen.

VI

„Erstmal desinfizieren"

Tim Schönhaupt

Meine Jungenfantasien wichen schlagartig der Realität, als ich zur Marine kam.

Ich ging bereits mit siebzehn Jahren zum Bund und die älteren Kameraden schleppten mich prompt in den nächsten Puff. Dovota hieß die Dirne, die ich dort kennenlernen sollte. Die gebürtige Polin fristete in Bremerhaven ihr Dasein in einer schäbigen Hafenkaschemme und ging dort ihrem Gewerbe als Freudenmädchen nach.

Ich ging mit dem festen Vorsatz dort hin, meine Unschuld endlich zu verlieren und von einem Profi in die Welt der Erwachsenen geleitet zu werden.

Mit 15 Jahren hatte ich zwar Beinahe-Sex, aber es kam nicht zur Penetration. An meine damalige Partnerin Jasmin erinnern mich nur noch ihre blonden Locken und die Tatsache, dass wir beide als Küchenhilfen in genau dem Sommerlager arbeiteten, in dem wir in den Jahren zuvor auch schon unsere Ferien verbrachten.

Die Mitarbeiter waren nach Geschlechtern getrennt untergebracht und so sahen wir uns meistens nur während der Arbeitszeit.

An einem Abend organisierte man ein Fest für uns und wir fanden uns an der reichlich gedeckten Tafel ein. Die Lagerleitung spendierte sogar ein Spanferkel. Der Braten duftete köstlich und sein heißes Fett tropfte zischend in die züngelnden Flammen. Bunte Lampions erhellten den sandigen Strand am See. Ein großes Lagerfeuer knisterte und knackte. Die Stimmung war nach einigen Stunden extrem aufgelockert und alle redeten angeheitert durcheinander, tanzten und vergnügten sich.

Eine der Betreuerinnen genoss einen recht zweifelhaften Ruf im Lager. Es hieß, sie läge alle potenziell geeigneten Kerle nacheinander flach, nur um sie danach kalt und gefühllos abzuservieren. So räche sie sich an der Männerwelt, die ihr arg mitspielte.

An diesem Abend sollte ich an der Reihe sein, meine Geschlechtsgenossen zweckdienlich zu vertreten. Besagte Betreuerin schnappte unerwartet nach mir und zog mich auf die Tanzfläche. Ich folgte ihr unbeholfen und drehte mich mehr oder weniger geschickt mit ihr im Kreise. Ihr langes Sommerkleid, auf dem gelbe und orange Blumen einer violetten Wiese entsprangen, verfügte über einen tiefen weiß gesäumten Ausschnitt und erlaubte mir einen viel versprechenden Blick in ihr verschwitztes Dekolleté.

Sie klammerte sich mit der einen Hand an meinen Rücken und griff mit der anderen fest in meinen Nacken. Dann flüsterte sie mir ins Ohr.

„Hast du schon eine Freundin? Die jungen Küken kannst du vergessen. Die haben nichts drauf."

Sie stieß auf.

Der Duft verriet, dass es sich um einen Brocken vom halbverdauten Braten handelte, welchen sie gleich wieder schluckte.

„Die müssen erst lernen, einen Jungen so richtig schön zu verwöhnen", versuchte sie, mein Gehirn zu waschen. Ihr Griff in meinem Nacken verstärkte sich und ihre Lippen kamen näher.

„Lass uns auf mein Zimmer gehen!"

Ihre raue Zunge rieb leicht mein Ohrläppchen.

„Mit dieser Zunge und deinem zarten jungen Arschloch kann ich Sachen machen, die dir Hören und Sehen vergehen lassen."

Langsam bekam ich Angst vor der geschätzt Dreißigjährigen. Ihr verschwitzter Körper schmiegte sich drängend an meinen.

„Tut mir leid, dass ich so dicht rankomme, aber meine Muschi ist total feucht und ich habe Angst, dass jemand den Fleck sieht. Daran bist nur du schuld. Du machst mich total kirre mit deinem jungen drahtigen Körper."

„Treibst du Sport?", fragte sie, während sie ihr Bein zwischen meine Schenkel schob und ihre Hüfte rhythmisch kreisen ließ. Ich berichtete von meiner Kampfsportausbildung und hoffte, dass ich sie mit diesem Thema ein wenig ablenken konnte. Aber da täuschte ich mich. Sie leckte lasziv ihre Lippen und fuhr sich ständig durch die Haare. Ihre Bewegungen wurden zunehmend wilder. Ihr alkoholgeschwängerter Atem blies mir ins Gesicht.

„Ich will dich sofort ficken! Lass uns jetzt gehen Kleiner, sonst suche ich mir einen anderen."

Das war mein Stichwort. Ich drückte sie von mir weg und begab mich schleunigst zu den anderen zurück an den Tisch. Die namenlose Betreuerin torkelte zurück und warf sich in die Arme des nächstbesten Tänzers. Kurz darauf verschwand sie mit ihm.

„Ist die eklig", meinte Jasmin neben mir angewidert. Sie hatte genau beobachtet, was sich da gerade zwischen mir und der anderen abgespielt hatte.

„Auf jeden! Erstmal desinfizieren", lachte ich und goss mir einen kleinen Wodka ein.

„Ich auch", verlangte Jasmin forsch und hielt mir ihr Glas hin. Verwundert schaute ich sie an.

„Aber nicht, dass du plötzlich genauso versaut abgehst, wie die Alte."

„Und wenn es so wäre? Dann würdest du doch auf mich aufpassen, oder?", grinste sie mich an. Ich füllte lachend ihr Glas und bewies ihr eine halbe Stunde später, wie ernst es mir mit der Obhutspflicht war, indem ich ihr mein Geleit zu ihrem Bungalow anbot.

„Steh nicht so rum und komm rein", verlangte sie, nachdem sie das kleine Häuschen aufgeschlossen hatte. Artig folgte ich ihr in das brütend warme Zimmer, in dem noch die Hitze des vergangenen Sommertages stand. In dem Raum befanden sich ein Tisch, ein Schrank und ein Doppelstockbett. Auf dem staubigen Fensterbrett stapelten sich ihre Vorräte.

„Darf ich?", fragte ich und griff nach der Cola-Flasche.

„Na klar."

Gierig schüttete ich das dunkle Zuckerwasser in mich hinein.

"Lässt du mir was übrig?", bat sie.

Doch der letzte Schluck der warmen schwarzen Flüssigkeit füllte bereits meinen Mund und prickelte an meinem Gaumen. Ich wedelte Jasmin mit dem Flaschendeckel zwischen meinen Fingern hektisch zu mir heran und näherte meine aufgeblähten Wangen ihrem Gesicht. Sie begriff sofort, was ich wollte und küsste mich. Wir öffneten langsam unsere Lippen und ich ließ das Gemisch aus Speichel und Cola in den süßen Mädchenmund strullern.

Wir setzten uns auf ihr Bett und küssten uns wie zwei kleine Goldfische, die nach Luft schnappen. Dann stand sie auf und zog sich aus. Ich tat es ihr nach. Wir verschwanden beide splitterfasernackt unter ihrer Decke und begannen, uns zu streicheln.

„Ich bin noch Jungfrau", gestand sie mir.

„Ich auch", erwiderte ich trocken und küsste sie. Sie drückte mir ein Kondom in die Hand und legte sich kerzengerade vor mich hin.

Mit Kondomen spielte ich gern. Bis dahin nutzte ich sie für meine Masturbationsexperimente oder zog sie mir über den Kopf, um sie mit der Nase aufzublasen. Sie platzten dann irgendwann, was meine Freunde immer mit beifälligem Gejohle honorierten.

Versiert streifte ich mir den Gummi über, legte mich auf Jasmin und spreizte ihre dürren Beine, indem ich meine dazwischen drückte. Ihre leicht behaarte Muschi öffnete sich schmatzend und Jasmin griff nach meinem prallen Lümmel, um ihn sich reinzustecken.

Das war zu viel für mich.

Ich spritzte sofort lustvoll stöhnend ab und pumpte mein Sperma in die Gummitüte. Dieser Vorgang erinnerte mich an die Mechanik eines Fleischwolfs, der mit seinem stählernen Rohrfortsatz Tierdärme mit Wurstfüllung versah.

„Tut mir leid", sagte ich. „Aber du bist einfach zu schön."

Ich melkte mich noch ein bisschen, streifte die gefüllte Gummihaut ab und warf sie unter das Bett.

„Macht nichts", erwiderte Jasmin verständnisvoll. „Umarme mich einfach."

Eng umschlungen schliefen wir ein.

Am frühen Morgen schlich ich mich davon. Nüchtern betrachtet, hatte Jasmin ihre Reize verloren. Die restliche Zeit war ich damit beschäftigt, ihr aus dem Wege zu gehen, was sie recht schnell begriff und enttäuscht akzeptierte.

Dieses erste Mal zählte also nicht.

VII

„Viel besser als meine alte Matratze“

Tim Schönhaupt

Doch zurück zu dem Abend im Puff. Er gestaltete sich nicht ganz nach meiner Vorstellung, aber ich habe ihn jetzt auch nicht sonderlich abstoßend in Erinnerung.

Mit unseren schmucken Marineuniformen trieben wir uns gelangweilt in der Innenstadt von Bremerhaven herum. Wir stolperten von einer Bar in die nächste. Während am späten Abend der Großteil von uns grölend in die Kaserne torkelte, begaben wir uns zu dritt auf einen Abstecher in eine dreckige Seitengasse. Dort besuchten wir eine Spelunke in rotem Zwielicht.

Meine beiden Kameraden und ich bezogen Stellung an der schummrig beleuchteten Bar aus dunklem Holz und bestellten uns ein paar horrend teure Biere. Um uns herum glühte das Etablissement in leuchtend orangen und roten Farben. Eine sexy Blondine stand hinter der Bar und kümmerte sich um unser diesbezügliches Wohlergehen.

In der Wand waren kleine Nischen eingelassen. Ich sah einen Bienenstock vor meinem inneren Auge, in dem sich die fleißigen Bienchen in kleine abgeschottete Bereiche zurückzogen, um ungestört miteinander rumzumachen. Manche dieser Waben im Puff hatten ihre Vorhänge geschlossen und dahinter hörte man es geheimnisvoll tuscheln oder schmatzen.

Drei leicht bekleidete Frauen gesellten sich zu uns. Sie waren recht hübsch, rochen aber nach schwerem süßen Parfüm. Eine von ihnen war eine rassige Asiatin, die sich Meierchen schnappte. Krüger wurde von einer Rothaarigen angesteuert und Dovota wählte mich. Ich versuchte krampfhaft, mich mit ihr zu unterhalten, was an den beiderseitigen Sprachproblemen scheiterte. Aber das ganze Gequatsche war auch nicht nötig. Ich spendierte ihr einen sündhaft teuren Piccolo und wir bewegten uns in eines der Séparées. Dort klärte sie mich trocken über meine Wahlmöglichkeiten auf: Blasen 50 Mark; Ficken 100.

Ich wollte ficken.

Also zahlte ich die verlangte Summe und wir verschwanden nach oben in eines der Zimmer. Dort war es noch schummriger als in der Bar. Zentrales Element in diesem Raum war das schwarze Bett in der Mitte. Daneben standen dunkle Nachttische und ein roter Sessel. Auf dem Bett lag eine lieblos hingeworfene rote Decke; glühende Lava auf schwarzem Basalt.

Ich setzte mich auf den Rand des Vulkans und zog mich aus. Meine Marineuniform legte ich fein säuberlich auf den Sessel. Dabei achtete ich darauf, mein Portemonnaie möglichst tief in meinen Klamotten verschwinden zu lassen. Mit meiner Schirmmütze krönte ich das ganze.

Dovota entschwand ins Bad und kam wieder – nackt.

„Angezogen gefällt sie mir besser", schoss es mir durch den Kopf. Doch die schummrige Beleuchtung der Nachttischlampen ließ mich nur die vorteilhaftesten Bereiche an ihrem entblößten Körper erkennen. Ihre Brüste waren ungewohnt groß. Es waren die Brüste einer Frau; ganz anders, als die kleinen Mädchenhupen, mit denen ich sonst spielen durfte. Ihre Muschi war lockig behaart. Kleine Haarkringel glänzten in dem roten Licht. Und was soll ich sagen? Ich war jung und geil und mein kleiner Freund stand sofort wie eine Eins.

Das freute Dovota, die sich sogleich daran machte, ihn in eine kleine Gummitüte zu verfrachten und engagiert abzulutschen. Sie legte sich hin und zog mich zu sich. Nachdem sie etwas Gleitgel aus einer babyblauen Tube zwischen ihre Beine geschmiert hatte, dirigierte sie mein steifes Glied an diese Stelle und schob es langsam in sich hinein.

Dieses Gefühl war sehr schön; viel besser als meine alte Matratze.

Dovota stöhnte auf und ich befürchtete schon, ich hätte sie kaputt gemacht. Deswegen stutzte ich und blickte sie fragend an. Sie lächelte nur und bewegte mir ihren Unterleib entgegen, um mich an meine ursprüngliche Bewegung zu erinnern.

Stumpf rammelte ich die nackige Nutte.

Vor und zurück.

Rein und raus.

Für mich war das der Himmel auf Erden.

Ich verliebte mich in diesem Moment abgrundtief in Dovota und vergaß alles um mich herum. Alles außer Dovota.

Ihr sinnlicher Mund öffnete sich, um ein langgezogenes und sehr betörendes Stöhnen von sich zu geben. Meine Zunge verlangte nach der ihren und ich wollte ihr einen Kuss bescheren, wie ihn ihr noch kein Freier gegönnt hatte. Als sie bemerkte, was ich vorhatte, drehte sie den Kopf demonstrativ zur Seite und meine Zunge musste mit ihrem Ohrläppchen vorlieb nehmen.

Eine zutiefst abtörnende bärtige Männerstimme ertönte aus einem Lautsprecher.

„Dovota!"

Sie machte mir klar, dass meine Zeit nun um war und wir wieder nach unten in die Bar gehen mussten. Dovota sprang auf und innerhalb weniger Augenblicke erschien sie spärlich angezogen wieder aus dem Bad. Unbefriedigt sackte ich meine Erektion ein und folgte nach unten. Hand an Hand mit der himmlischen Hure.

Ich beschäftigte mich in der darauf folgenden Zeit ausgiebig mit den verschiedenen Facetten dieser Schattenwirtschaft. Ich verstand die Freier, die ihre Freudenmädchen aus den Fängen der bösen und brutalen Zuhälter freikaufen wollten und überlegte, wie ich das Geld auftreiben konnte, um Dovota aus ihrem Gefängnis zu befreien.

Der Einfluss meiner Kameraden und ein längeres Marinemanöver verhinderten, dass ich diesen Plan in die Tat umsetzte.

Und irgendwann vergaß ich Dovota.

VIII

„ Unsere Liebe war ausgeblutet "

Tim Schönhaupt

Mich trieb es an den Wochenenden oft zurück nach Berlin in die gewohnte Umgebung meines Freundeskreises. Wir liebten und lebten Techno und hielten uns in dunklen und vor allem illegalen Clubs auf.

Das waren unwirkliche Kellerräume unter Abbruchhäusern in Berlin, die in düstere Oasen der Nacht verwandelt wurden. Dickes Nebelfluid waberte durch die Gänge tief unter der Erde. Die kahlen Mauern waren mit einem Geflecht aus Rohren und Kabeln überzogen. Unser Gleichgewichtssinn kämpfte gegen gleißende Stroboskopgewitter, um gleich darauf von tiefen, meist nur spürbaren, Bässen gegen die nächstbeste Wand gedrückt zu werden. Melodien gab es nicht in der Unterwelt Berlins. Das höchste der Gefühle waren kreischende Bleche, deren reibende Töne unseren Verstand im Vierteltakt zerschnitten.

Die Tage verschliefen wir in den Wohnungen derjenigen von uns, die eine solche ihr eigen nannten.

Manchmal zog es uns auch nach Usedom, wo wir in der einzigen Disco Ahlbecks feierten.

Oder wir genossen das Sommerleben auf dem Zeltplatz Ückeritz. Dort klangen aus den Kofferräumen unserer japanischen Kleinwagen fröhliche Melodien, tiefe Bässe und extrem schnelle Beats.

Wir lagen am Strand, badeten und sonnten uns. Oder wir kochten unsere billigen Tütensuppengerichte unter den Nadelbäumen hinter den Dünen.

Eines Abends schleppte Ruben eine hübsche Blondine an, die in der Disco an ihm kleben blieb. Wir teilten uns das Zelt und während ich tat, als ob ich schlief, begegnete mir zum ersten Mal die weibliche Libido in Höchstform.

Ruben war müde und wollte schlafen. Doch Darja, so hieß die Kleine mit der nackenfreien Frisur, ließ das nicht zu.

„Ich bin nicht mit dir mitgekommen, um zu schlafen", schmollte sie.

„Willst du Sex?", fragte Ruben.

„Ja", hauchte sie. „Aber nicht neben dem da."

„Ach was, der schläft tief und fest", versicherte ihr Ruben und grinste dabei vermutlich genauso, wie ich es heimlich in mich hinein tat. Ich nahm dann nur noch die Geräusche wahr, die mit dem Akt neben mir zu tun hatten.

Ruben knutschte Darja.

Darja zog ihren Rock hoch und schob sich auf Ruben.

Der Rest bestand nur noch aus rhythmischem Geraschel, dem nervösen Klatschen ihrer schweißnassen Körper und unterdrücktem Stöhnen.

Irgendwann kehrte Ruhe ein und ich nutzte die Enge in dem Zweimannzelt, um meine Finger in der Nacht über Darjas nackte Samthaut streifen zu lassen. Zufrieden schlummerte sie im Mondlicht wie eine Porzellanpuppe. Darja war eine Bilderbuchschönheit. Sie hatte strahlend weiße Zähne. Sie war schlank und besaß straffe Schenkel. Die damalige Raver-Mode brachte diese besonders schön zur Geltung, wenn Darja mit ihren langen weißen Strümpfen und den knappen Miniröcken tanzte. Wenn dann die Haut ihrer Oberschenkel hervorblitzte, raubte es mir die Sinne.

Und Darja war lustig! Ihren Humor mochte ich sehr. Sie hatte etwas Kumpelhaftes an sich und verstand die Welt, in der ich lebte.

Ruben wechselte zu dieser Zeit seine Frauen wie Unterwäsche und ich bat um seine Zustimmung, es bei Darja versuchen zu dürfen. Er nickte und war froh, da sie an ihm klammerte und er darin einen möglichen Ausweg sah. Daraufhin suchte ich die Nähe zu Darja, wann immer es ging.

Ich schlenderte an einem sonnigen Nachmittag im Juli die Straße entlang. Spatzen flatterten und zwitscherten aufgeregt umher. Das Gras am Wegesrand war trocken und raschelte im heißen Sommerwind. Der Weg war staubig. Mein Ziel war ein Café in der Innenstadt. Dort wollte ich mir einen Drink gönnen und entspannt den Trubel der Passanten beobachten.

Ich traf Darja zufällig am Bahnhof. Dort griff ich, ganz Gentleman, nach ihren Einkaufstüten und begleitete sie nach Hause.

„Bist du eigentlich noch mit Ruben zusammen?", fragte ich sie nebenläufig.

„Nee, der ist in eine andere verliebt. Seine große Liebe geht ihm wohl nicht aus dem Kopf."

Ich blieb stehen und blickte ernst und tief in ihre blauen Augen.

„Du hast etwas Besseres verdient Darja."

Sie prustete los. „Dich etwa?"

„Warum nicht?", fragte ich entrüstet, als wir weitergingen.

„Ja. Warum eigentlich nicht?", ließ sie mich perplex stehen.

„Ich meine es ernst", versicherte ich ihr mit Nachdruck, während ich die Einkäufe in ihrer Küche abstellte.

„Ich meine es auch ernst", hauchte sie in mein Ohr. Sie ergriff meinen Nacken und drängte mich mit ihrem Körper an den Küchentisch. Nachdem ich mein unverhofftes Glück annähernd realisiert hatte, schlang ich meine Arme um sie, drehte uns und hob sie küssend auf den Tisch. Unsere Zungen rangen gegenseitig miteinander um die Vorherrschaft in unseren Mundhöhlen. Ich schob mit ihrem Körper sämtliche Gegenstände vom Tisch. Die grüne Latzhose, die ich damals trug, war schnell abgestreift. Darja blieb angezogen, bis ich splitterfasernackt mit den bewegten Muskeln eines kernigen Marinesoldaten vor ihr stand.

Ich zog sie langsam aus.

Jeder Zentimeter ihrer nackten Haut, der zum Vorschein kam, wurde von mir mit Küssen bedacht. Sie küsste auch mich und schlug ihre Zähne zärtlich in meine Haut. Ich zog ihr das Shirt über den Kopf, welches mir ihre steifen Nippel bisher immer nur verdeckt präsentiert hatte. Ihre blonden Haare, die ihr in das anmutige Puppengesicht fielen, lenkten meinen Blick zu ihren beiden festen und sehr ansehnlichen Brüsten.

Sie besaßen die perfekte Größe. Eine ihrer Brüste füllte komplett meine Hand aus, als wäre sie speziell dafür geschaffen worden. Die Dinger wären manch einem zu mächtig gewesen. Für meine langen Finger waren sie genau richtig.

Mein Mund landete instinktiv an einem der ersehnten Nippel und begann zärtlich, daran zu saugen. Meine feuchte Zunge umkreiste langsam den pigmentierten Warzenhof und hinterließ Schlieren meiner Spucke. Dabei erforschte meine Zungenspitze vorsichtig die millimeterkleinen Erhebungen neben der prallen Brustwarze; als gelte es, einen wertvollen Schatz zu sondieren.

Ich schob den karierten Rock von Darja hoch und sie bewegte sich kurz hin und her, damit ich den groben Stoff unter ihren Po schieben konnte. Meine Hände zog ich über ihre festen Arschbacken nach vorn, um ihr mit sämtlichen Fingern gleichzeitig zwischen die gespreizten Beine zu fahren. Dann zog ich den reinweißen Slip mit dem nassen Fleck in der Mitte von der feuchten Fotze weg und drapierte ihn neben den weichen Wülsten ihrer Schamlippen.

Ich sank hinunter und leckte ihr langsam und zärtlich den Spalt. Meine Zunge erforschte verspielt ihre Muschi. Ihr Honigsekret schmeichelte meinem Gaumen und meiner Nase und wies mir die Grenzen der beiden auf, da sie so einen Hochgenuss bisher noch nicht kannten.

Dieser Liebesakt erweiterte meine Sinne!

Ich nahm immer wieder Abstand und genoss den erregenden Anblick, während mein Lustdolch im Schoß freudig wippte. Die kleine Rosette von Darja berührte fast das dunkel gemaserte Holz des Tisches. Dicht darüber öffnete sich periodisch der schmatzende schmale Schlitz zwischen ihren inneren Schamlippen.

Das war ein wundervolles Spielzeug!

Mit meinen Fingern wechselte ich die Zunge ab und fuhr so tief ich es vermochte in Darja hinein. Sie bäumte sich auf, gab ein kräftiges „Haaaaaa!" von sich und krallte sich in meine Haare.

Ich erhob mich und schob meinen langen D-Zug in den engen dunklen Tunnel, wo jeder einzelne seiner Waggons freudig in Empfang genommen wurde. Ich schob ihn bis zu den Rücklichtern hinein. Darjas Röhre war leider zu eng gebaut, so dass meine Lokomotive zu explodieren drohte.

„Nimmst du die Pille?", fragte ich.

„Ja. Mach dir keine Sorgen. Spritz in mich rein."

Aber ich wollte noch gar nicht.

Also zog ich meinen Schwanz aus ihr hinaus und bugsierte sie vom Tisch. Sie glitt an mir runter und begab sich in die Hocke. Verlangend schob sie sich meine Rute in den Rachen und lutschte genussvoll daran. Ihre Augen waren geschlossen und ich konnte erkennen, wie mein schleimiger Aal bei jedem Schub in ihr Gesicht ihre Wange ausbeulte. Als Frosch hätte sie mit so einer Schallblase bestimmt himmlisch gequakt. Das Lächeln auf meinem Gesicht blies mir meine Froschkönigin sofort wieder weg. Zu stürmisch bearbeitete sie meinen fleischigen Rohrkolben, während sich in ihrem Mund ein feuchter Teich aus Abermillionen zappelnden weißen Kaulquappen bilden wollte.

Wir warfen uns auf den Wohnzimmerteppich und ich fickte Darja nach allen Regeln der Kunst. Mal lag ich auf ihr, dann drehte ich sie auf die Seite und rammelte sie tief in ihre feuchte Lustgrotte, während ich mich auf ihrem straffen Oberschenkel abstützte.

Ihre Haut fühlte sich wie warme Seide an und manchmal krallte ich mich fest in sie hinein. Wenn sich mein Orgasmus ankündigte, hielt ich inne oder wechselte die Position.

Dieser Fick sollte nie wieder enden.

Darja war begeistert.

Sie war definitiv die Erfahrenere von uns beiden. Selbständig vollzog sie beeindruckende Stellungswechsel. Mal stand ich mit leicht angewinkelten Beinen vor ihr, während sie auf ihrem Nacken lehnte und mir ihren Unterleib entgegenstreckte. Ich drückte meinen aufrechten Schwanz dabei nach unten, um ihn ihr in das unersättliche feuchte Loch zu schieben.

Dann befanden wir uns in der 69'er Stellung und befriedigten uns gegenseitig mit unseren heißen und inzwischen sehr trockenen Mündern und Zungen. Wir leckten jeden Quadratzentimeter unserer schönen jungen Körper und irgendwann ergoss ich mich in einem nie zu enden scheinenden Orgasmus in sie hinein.

Ein halbes Jahr später heirateten wir.

Darja zog zu mir an die Küste und bereitete mir Himmel und Hölle auf Erden. Ich erlebte mit ihr sehr glückliche Höhepunkte in meinem Leben. Aber oft war ich auch nur abgrundtief traurig und enttäuscht.

Dieser großen Liebe entsprang unsere Tochter, wofür ich Darja bis an das Ende meines Lebens dankbar sein werde. Nach acht Jahren ließen wir uns scheiden.

Unsere Liebe war ausgeblutet.

IX

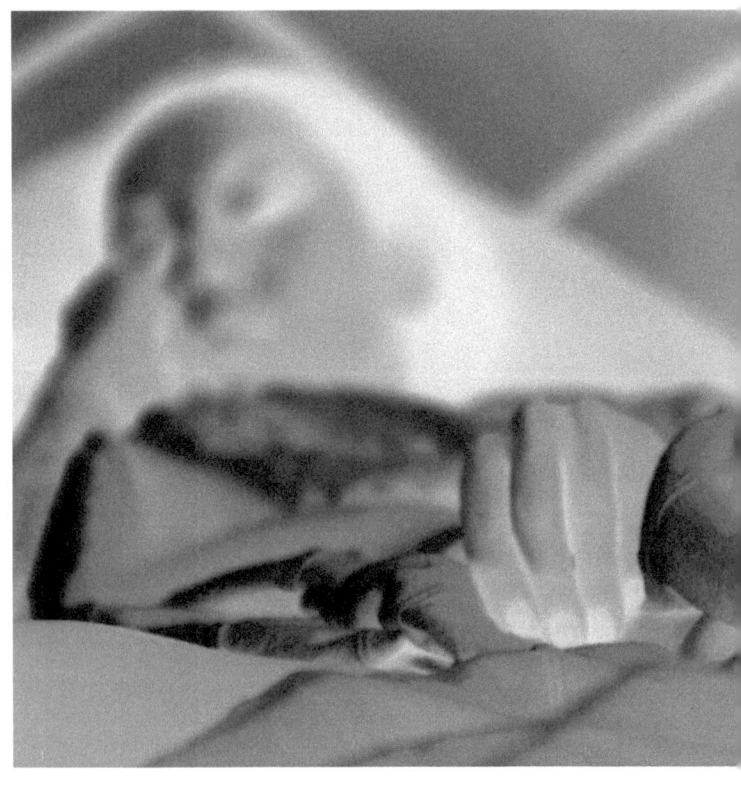

„Frauen sind Rätsel auf Füßen"

Tim Schönhaupt

Ich war wieder Single und kümmerte mich um mein berufliches Vorankommen. Nach meiner ereignisreichen Zeit bei der Marine verdingte ich mich als Bürosklave.

Meine Neigung, mich immer sofort abgrundtief in eine Frau zu verlieben, bescherte mir nicht nur erfreuliche Erlebnisse. Meine damalige Kollegin Tanja ist ein Beispiel dafür.

Tanja war kontaktfreudig und lebensfroh. Ich trieb mich mit ihr in der Stadt herum und wir besuchten Festivitäten jeder Art. Sie zog mich von Abend zu Abend immer mehr in ihren Bann.

Tanja hatte lange schwarze Haare. Sie besaß einen schlanken Körper und war hochgewachsen aber immer noch kleiner als ich mit meinen 1,95 Meter.

Sie trug im Sommer weder BH noch Slip unter ihren enganliegenden Kleidern, was nicht nur mich begeisterte. Oft stand ich bei ihr und unterhielt mich mit ihr über die Belanglosigkeiten der gemeinsamen Arbeit, während sie sich wie zufällig tief vorbeugte, damit ich die wohlgeformten Rundungen ihrer nicht sehr großen aber dennoch verführerischen Brüste wahrnahm.

Tanja hatte leider einen Freund.

Dieser lebte in Russland und so spielte ich folgsam das Ersatzmännchen in Deutschland.

Nur leider ohne Sex.

Mir schien das egal zu sein.

Mir genügte meine Fantasie, in der Tanja total versaut ihre sexuellen Leidenschaften auslebte; genauso intensiv, wie sie auf den wilden Partys tanzte, die ich mit ihr besuchte.

Wir verbrachten romantische Abende beim Picknick am Wasser. Dort setzten wir uns mit leckeren Delikatessen auf einen versteckten Steg. An seinem Kopfende ließen wir die Zehen ins Wasser und unsere Seelen baumeln. Wir beobachteten das heimliche Spiel der Nymphen im Schilf und lauschten den sirrenden Libellen oder unserem geflüsterten Lachen, das von Herzen kam. Wir köpften unzählige Flaschen Chardonnay und so mancher Wachskerzenstummel hauchte an diesen lauen Sommerabenden sein Leben ins Wasser der seicht dahin fließenden Havel aus.

Wir kochten zusammen und schauten uns gemeinsam den ein oder anderen Film an. Dass ich sie dabei nie küsste, zeugt von meiner damaligen Unerfahrenheit und Scheu.

Irgendwann zog Tanja um und trat eine neue Stelle in Mainz an. Wir schworen uns ewige Freundschaft und ich versprach, sie so bald wie möglich zu besuchen. Dieses Versprechen besiegelten ein langer Kuss und ein verstohlen weggedrücktes Tränchen.

Sie ging mir partout nicht aus dem Kopf. Und so realisierte ich, dass ich sie tatsächlich besuchen musste und buchte die Fahrt nach Mainz.

Tanja empfing mich dort warmherzig und führte mich in ihre Wohnung. Ich schlief, ihr zu Füßen, auf einer Matratze und am nächsten Morgen bereitete ich uns das Frühstück, während sie duschte.

Nachdem ich den Tisch gedeckt hatte, setzte sie sich an ihren Platz. Sie hatte feuchte strähnige Haare und war nur mit einem knappen Handtuch bekleidet. Ich war so erregt, dass ich ihr den Stofffetzen sofort vom Leib reißen wollte.

Sie jedoch, biss völlig arglos in ihr Brötchen, ließ ihre glattrasierten und gecremten Schenkel langsam hin und her schaukeln und sah es als ganz natürlich an, dass ihre eingezwängten Möpse jeden Moment hervorspringen wollten. Gern wäre ich ihnen dabei behilflich gewesen, war aber gehemmt, genau das zu tun. Tanja wollte ja vielleicht gar nichts von mir. Als Freundin wäre sie dann endgültig verloren.

Nein.

Diese innige Freundschaft durfte nicht aufs Spiel gesetzt werden!

Während ich diese Zeilen schreibe, fasse ich mir an den Kopf, wie bescheuert ich damals war.

Nach dem üppigen Frühstück ging es in die Stadt. Wir unternahmen eine weitläufige und sehr interessante Tour und landeten in einem Café. Sie gestand mir, dass sie schon gerne mal wieder Sex hätte. Ihre Beziehung zu ihrem Freund verhindere allerdings, dass sie etwas mit einem anderen anfinge.

Ich klärte sie darüber auf, dass sie es doch ruhig mit mir versuchen könne.

Daraufhin rastete sie völlig aus, warf mir Schimpfwörter an den Kopf und verließ eilig das Café. Sie sprach kein Wort mit mir, als wir zurück in ihre Wohnung gingen. Mein Nachtlager richtete sie in ihrem Wohnzimmer ein, schließlich musste ich noch einen Abend bei ihr bleiben, da mein nächster Zug erst am Folgetag fuhr.

Ich wusste nicht, wie ich reagieren sollte und unterhielt mich mit ihrer Mitbewohnerin, die das seltsame Verhalten von Tanja auch nicht deuten konnte. Tanja erschien und forderte mich bedrohlich ruhig auf, mit ihr „eine Runde ums Haus" zu gehen, um zu quatschen. Ich kam dem vorsichtig nach und nachdem sie sich divenhaft ein großes graues Tuch um den Hals geworfen hatte, begaben wir uns auf den Weg.

Den Inhalt des Gespräches habe ich nicht mehr im Gedächtnis, aber er war von ihren Vorwürfen und Anfeindungen geprägt.

Ich erinnere mich an die Situation, in der Tanja wie von einer Tarantel gestochen aufsprang und mich heulend anschrie.

„Ihr seid solche Arschlöcher! Ich habe Angst vor euch!"

Sie wich vor mir zurück und schüttete aus heiterem Himmel ihren Hass auf alle Männer dieser Welt auf mich aus. Ich stand perplex daneben und wusste zum damaligen Zeitpunkt nicht, wie ich mich verhalten sollte.

Mein heutiges Wissen müsste ich an den jungen Mann von damals übertragen können! Der Abend wäre ganz anders verlaufen und ich hätte ihr die Drama-Queen leidenschaftlich aus dem Leib gefickt.

Es ging jedenfalls so weit, dass sie mir abgrundtief leid tat. Wir liefen nach Hause und ich heulte sogar. Ich wollte mich bei ihr entschuldigen, wusste aber nicht wofür. Frauen sind Rätsel auf Füßen und dieses schier unlösbar.

So entschwand ich am nächsten Morgen leise aus ihrer Wohnung, nicht jedoch, ohne ihr mit einer kleinen Notiz zu verdeutlichen, dass ich ihr nie etwas Böses hatte anhaben wollen:

„Ich liebe dich."

X

*„Dieses Ereignis sollte
angemessen zelebriert werden"*

Tim Schönhaupt

Ich kümmerte mich anschließend erst recht nur noch um meine Karriere, machte mich selbständig und trieb mein Fotografen-Dasein von einem Erfolg zum anderen. Ich arbeitete unter anderem als Standfotograf beim Film, um meine Kenntnisse auch auf diesem Gebiet zu festigen.

Ein Standfotograf lichtet mit seiner Kamera Filmszenen ab und erstellt Portraits der Beteiligten. Diese Fotos können dann später für hochauflösende Druckwerke wie Broschüren oder Filmposter verwendet werden.

An einem Set lernte ich Svenja kennen.

Sie arbeitete dort als Make-Up-Artistin und war in allen schminktechnischen Belangen für die Crew zuständig. Sie zauberte Tränensäcke und Fältchen mit Hämorrhoiden-Creme weg und kochte Blut für die weniger appetitlichen Filmszenen. Wir fanden auf Grund der gemeinsamen Interessenlage schnell zueinander.

Svenja war zart und verletzlich, ein sehr fühlendes Wesen. Sie weckte meine Sehnsucht nach ihr. Ich suchte ständig ihre Nähe und alberte bei jeder sich bietenden Gelegenheit mit ihr herum.

Wir befanden uns am Abend immer noch am Set und sanken erschöpft zusammen in den einzigen Sessel vor Ort, um eng aneinander eingekuschelt vor uns hinzudösen.

Der Film war leider kurz danach abgedreht und wir verabschiedeten uns tränenreich, nicht jedoch, ohne uns zu versprechen, dass einer den anderen so bald wie möglich besucht.

Svenja kam schon wenig später zu mir und wir verbrachten einen ereignisreichen Tag in der Stadt, um ihn in einer Bar ausklingen zu lassen. Danach begleitete ich sie zum Bahnhof und nahm wie selbstverständlich ihre Hand. Ich zog sie in eine Unterführung unter dem Bürgersteig.

Wir fingen beide sofort an, uns verlangend zu küssen und ihre Hand fand schnell ihren Weg in meine Hose. Mein heißer geschwollener Riemen empfing sie dort und während sie ihn knetete, verlangte ich: „Bleib bei mir!"

Svenja besuchte mich oft und der Sex mit ihr war gut. Sie überraschte mich immer wieder mit Aktionen, die ich so nicht erwartet hätte. Ein Beispiel ist eine Nacht, die mit dem Besuch eines angesagten Clubs begann.

Es war eine sehr angenehme Runde von Freunden anwesend, zu denen auch Ruben zählte. Er berichtete gerade von seiner Experimentierfreude im Bett und dass er auch schon einem Kumpel einen geblasen hätte. Seinem

Freund hat das sehr gefallen, was sich dadurch erklärt, dass ein Mann schließlich am besten nachvollziehen kann, wie man einen Penis richtig berühren muss.

Mir leuchtete das ein und in meiner Fantasie griff Ruben schon nach meinem Schwanz, um mich mit seinem männlichem Know-How richtig zu verwöhnen.

Svenja folgte seinen Ausführungen ebenfalls mit glänzenden Augen und flüsterte ihm zu später Stunde verführerisch (und mit verträumten Blick zu mir) etwas in die Ohren.

Es stellte sich heraus, dass das junge Fräulein einen Dreier mit Ruben und mir wünschte. Ich war sofort einverstanden, was die beiden mit Staunen aufnahmen. Ruben fragte zur Sicherheit auf dem Heimweg noch dreimal nach, ob es für mich auch wirklich okay sei.

Ja. Es war okay.

Ich war mindestens genauso geil wie die beiden anderen.

Wir begaben uns zu mir ins Studio und während Svenja und Ruben knutschten, ging ich zunächst aufs Klo, um zu pinkeln. Ich wusch meinen Schniedel und machte einen Umweg über die Küche, um einen Snack zu vertilgen.

Dann begab ich mich, Schampus in der einen, Kaviar in der anderen Hand, zu den beiden ans Bett. Dieses Ereignis sollte angemessen zelebriert werden.

Ruben lag mit geschlossenen Augen auf dem Rücken, während Svenja ihm genüsslich den Schwanz leckte.

Ich nahm einen großen Schluck aus der Flasche, stellte alles ab und zog mich aus.

Erregt beobachtete ich, wie Svenja ihren Kopf langsam auf und ab gehen ließ. Ihr langes blondes Haar umspülte sanft die Konturen ihres Kopfes und ihrer Schultern. Ihre Rechte glitt zusammen mit ihrem Mund an Rubens Schaft auf und ab und ihre Linke lag locker an seinem Oberschenkel.

Ihr Po reckte sich mir entgegen.

Svenjas gespreizte Beine ließen in ihrer Mitte das verführerische Rosa ihres feuchten Fötzchens erkennen. Der kleine Schlitz ihrer Muschi verlangte wie ein Mund nach meinem. Und nachdem ich eine Weile zugesehen hatte, war ich mir sicher, dass er leise flüsterte:

„Küss! Mich! Tim!"

Also kniete ich mich hinter Svenja und begann, sie zu lecken. Meine Nase rieb dabei über ihre kleine saubere Rosette. Ich schob meinen Penis zwischen ihre Beine, als er steif genug war. Während ich sie fickte, überlegte ich, wie Ruben und ich sie uns am besten teilen und wer das Arschloch nimmt und wer sie in die Möse bumst.

Irgendwann langweilte es mich hinter Svenja und ich legte mich neben die beiden. Die Dame schwenkte sofort zu mir herüber und fing an, mich oral zu befriedigen. Ruben lag daneben und schaute zu. Er kraulte Svenja und manchmal strich er mit seiner Hand auch an meinem Körper entlang oder streichelte mich an der Wange.

Das war abtörnend.

Und Ruben war die Lust auch vergangen, was man an seinem schlaffen Glied erkannte.

Wir schliefen, Svenja in der Mitte, eng aneinander gekuschelt ein. Ich musste am nächsten Morgen schon früh raus, da ein Shooting auf mich wartete.

Svenja und Ruben frühstückten gerade im Bett, als ich von meinem Fotoeinsatz wieder zurückkam und begrüßten mich mit großem Hallo. Ich zog mich aus, hüpfte zu den beiden unter die Decke und verschlang hungrig ein gebuttertes Croissant. Dann spülte ich es mit einem aromatischen Auszug aus feinsten jamaikanischen Arabica-Kaffeebohnen runter.

Ruben schlief noch eine Runde und Svenja wälzte sich über mich. Während Ruben neben mir schnarchte, erinnerte ich mich an das Erlebnis von früher mit Darja im Zelt.

Nur war ich diesmal derjenige, der die Blondine fickte.

Svenja gestand mir später, dass sie als blutjunges Mädchen vergewaltigt worden war und eine Borderline-Persönlichkeitsstörung entwickelt hatte. Ich erfuhr erst später, wie hart das war, als ich eine Art Co-Abhängigkeit zu ihr entwickelt und in höchstem Maße kultiviert hatte. Diese stand einer tiefen Drogenabhängigkeit in nichts nach.

Ich habe mich mit diesem Thema erst intensiv beschäftigt, als Svenja mich zu Gunsten eines Schauspielers verließ.

Sie wurde meine beste Freundin und ärgste Feindin.

„Du bist einfach zu wenig Arschloch", attestierte sie mir zum Abschied und heiratete nach unzähligen Liebschaften einen vermögenden Autohändler.

XI

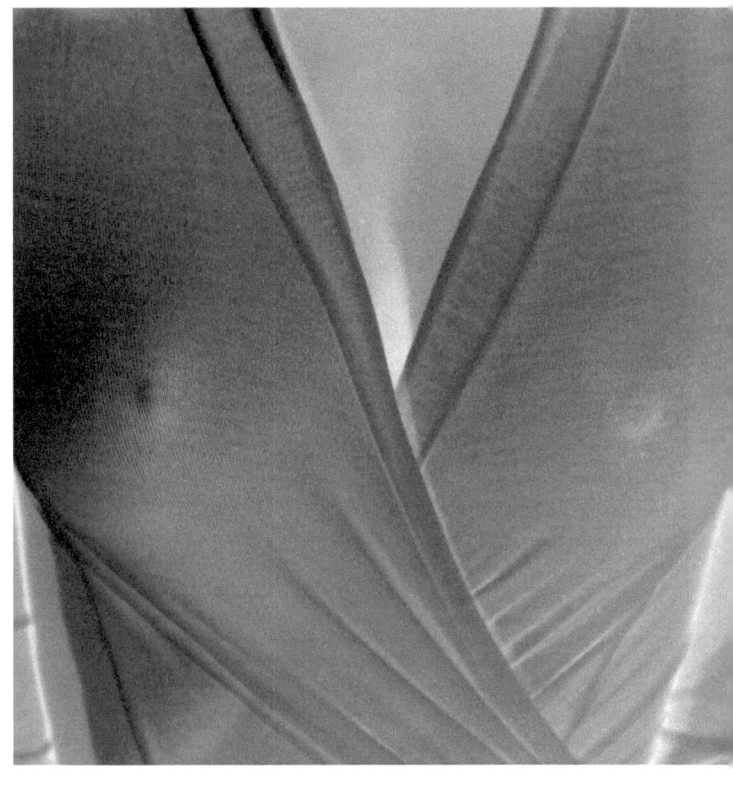

„Hinterteile sauber übereinander gestapelt"

Tim Schönhaupt

Svenja ist inzwischen meine feste Begleiterin bei diversen Fotoeinsätzen und maßgeblich für das Gelingen der vielen Aufnahmen mit zuständig.

Wir ficken miteinander, wann immer sich die Gelegenheit ergibt und wir Lust aufeinander verspüren. Alles kann, nichts muss. Svenja wird richtig angetörnt, wenn noch weitere Personen mitmachen. Sie bemerkt aus ihrer sensiblen weiblichen Perspektive heraus auch viel schneller, wenn wir ein Fotomodell vor uns haben, das geil auf mich oder auf Svenja oder auf uns beide ist.

Das ist praktisch.

Ich erinnere mich zum Beispiel an die schüchterne Französin Ariane, die mir äußerst prüde und verklemmt vorkam.

Wir hatten erst wenige Tage zuvor unsere neue Dependance in Paris eröffnet und holten Ariane an einer Ecke der Rue Charlot ab. Sie saß in einem kleinen gemütlichen Café und nippte verträumt an ihrer weißen Porzellantasse. Glatte schwarze Haare flossen über ihre Schultern. Ihr rechtes Bein war über das linke geschlagen und wippte im Takt einer unhörbaren Melodie. Gegenüber parkten Motorroller unter schwarzen gusseisernen Laternen an der

Wand eines Altbaus. Es war Frühlingsanfang und die Vögel zwitscherten im Geäst einer alten Stadtlinde. Ansonsten war es ruhig in der Straße. Die Luft war kühl, besonders wenn der Wind hauchte, aber die Sonne wärmte wohlig, so dass man durchaus draußen sitzen konnte.

„Du bist Ariane, oder?", ging ich auf das Mädchen zu und reichte ihr mit den Worten „Hi, ich bin Tim!" meine Hand.

„Oui, ihr seid zu spät!", warf sie mir an den Kopf und ich spürte filigrane Fingerchen unter dem feinen Stoff ihres Handschuhs.

Mein blonder Engel schob sich dazwischen.

„Ich bin Svenja, hi!"

Händchen schütteln, Küsschen links, Küsschen rechts, Küsschen links, Küsschen rechts.

Ariane gestand versöhnlich: „Ich sitze aber auch erst seit fünf Minuten hier."

„Hast du etwas Zeit mitgebracht?", fragte ich hoffnungsvoll.

„Ich habe heute nur den Termin bei euch auf dem Kalender. Die Agentur meinte, es sei wichtig, es könne dauern und ich solle Stress vermeiden", zählte sie auf und bog dabei mit ihrer behandschuhten Hand einen Finger nach dem anderen nach hinten. An ihrem Unterarm baumelte keck ein kleines Handtäschchen.

„Super, dann setzen wir uns noch kurz zu dir. Es gefällt mir hier nämlich sehr", sagte ich und ließ meinen Blick über die pittoreske Gegend streifen, während Svenja uns irgendein Gebräu aus Getreide besorgte, welches wider Erwarten sehr gut schmeckte. Wir blieben zwei Stunden in dem gemütlichen Café und genossen diesen zauberhaften Frühlingsbeginn in Paris.

Dann machten wir uns auf den Weg ins Studio. Svenja flüsterte mir bereits nach der gemeinsamen Begrüßung ins Ohr, dass Ariane scharf auf mich sei, was ich einfach nicht wahrhaben wollte.

Im Gegenteil. Das blutjunge steife Zuckerpüppchen mit den abgrundtief dunklen Augen wirkte alles andere als interessiert. Auch als das Shooting bereits in vollem Gange war, wollte sie einfach nicht auftauen. Sie schaute teilnahmslos zur Seite, wenn ich ihr etwas erklärte, oder verdeckte schamhaft ihre intimen Körperstellen, wenn ich Nahaufnahmen machte. Ich begab mich an den Computer, um die ersten Ergebnisse zu bewerten.

In der Zwischenzeit ließ ich Svenja und den prickelnden Veuve Clicquot ihre Wirkung entfalten.

Meine Visagistin streichelte die kleine Ariane zärtlich, als ich den Studiobereich nach einer Weile wieder betrat. Dann küssten sie sich langsam; sanft und gefühlvoll. Ariane hatte nur noch ein knappes Negligé an. Somit war es für Svenja ein Leichtes, die junge Dame einfühlsam zu berühren und zu stimulieren.

Ich überließ die beiden ihrem Spiel, schaltete die Videokameras ein, die am Rande der Szenerie aufgebaut waren und begab mich hinter die Monitore, um das Geschehen von dort aus zu beobachten.

Svenja ließ sich mit ihrem neuen Spielzeug sehr viel Zeit und genoss es sichtlich, Ariane auf ihrer Reise in immer höhere Bewusstseinsebenen zu begleiten. Die kleine Französin wurde merklich aufgeregter und interessierter an dem versauten Spiel.

Der Akt zwischen zwei Frauen ist normalerweise von viel mehr Zärtlichkeit geprägt, als wenn noch ein Mann dabei ist. Aber diese beiden brachten sich zunehmend in Rage und ich hätte nie gedacht, wozu das anfangs so verschüchtert wirkende Mädchen imstande war. Noch heute habe ich das Bild vor Augen, als Svenja sich auf das glamourös geschminkte Gesicht des Models setzte und mit ihrer Muschi über den zarten Mund und die kleine

Stupsnase rieb, während Ariane sie innig und lustvoll mit ihren Zähnen und ihrer Zunge befriedigte.

Ich konnte und wollte mich nicht länger zurückhalten und zog mich aus. Mein dicker Zeppelin war bereits straff gefüllt und wies steil nach oben. Sogar der Hodensack mit den Eiern folgte seinem Zug. Ich begab ich mich langsam, mit meinem Gemächt in der Hand, zu den beiden Frauen, die sich wild auf der Studiocouch vergnügten.

Der dunkle Bezug des Möbelstücks war an einigen Stellen schon leicht mit Fotzenschleim verschmiert.

Svenja leckte Ariane gerade die Muschi aus, während Arianes silberne High Heels an ihren formschönen Beinen im Takte der Leckbewegungen wippten.

Ich stellte mich hinter die Couch, griff nach Arianes Hand und führte sie zu meinem steifen Glied. Sie öffnete kurz ihre wunderschönen Smokey Eyes, lächelte mich an und sog meinen Schwanz in ihren glänzenden Mund.

Dieses Mädchen war alles andere als unerfahren!

Was sie mit ihrer Zunge und ihren Zähnen anstellte, war nicht das Werk einer schüchternen kleinen Frau, die die Welt noch nicht kannte. Nein, das musste sie bereits intensiv woanders geübt haben. Und wieder einmal staunte ich nicht schlecht über die gute Menschenkenntnis von Svenja, die das versteckte Verlangen der geilen Französin sofort erkannt hatte.

Ich legte mich auf die Sofalehne, griff nach dem Bein von Ariane und zog es an meinen Mund, um daran zu lecken und mich in ihrem Unterschenkel festzubeißen, wenn sie es zu derbe mit meinem Schwanz trieb. Svenja wiederum biss Ariane in die Schamlippen, wenn sie das mitbekam. Wir waren somit drauf und dran, uns im wahrsten Sinne des Wortes zu vernaschen.

Es verlangte mich danach, Ariane ganz zu bekommen. Ich stellte mich wieder hin und zog beide Mädels an den Haaren zu meinem Penis.

Sie lutschten gegenseitig engagiert und willig an ihm entlang. Ihre Finger spielten kraulend mit meinen Eiern oder packten meine knackigen Pobacken.

Svenja drückte die kniende Ariane schließlich gegen die Lehne der Couch und legte sich auf ihren Rücken, liebkoste ihren Nacken und strich von hinten über die kleinen französischen Brüste.

Ich ging um das Sofa herum und fand beide Hinterteile sauber übereinander gestapelt und einladend vor mir.

Der Schlitz von Svenja war mir bereits zur Genüge bekannt. Dennoch versetzte ich ihr als erstes ein paar Stöße. Dann zog ich meinen Schwanz langsam aus ihr hinaus und belohnte ihn mit dem süßen Fötzchen von Ariane.

Sie war nicht so eng, wie ich dachte und so konnte ich sie noch ein paar Minuten wild und heftig ficken, bevor ich meinen Zuckerguss weit spritzend über beide Fotzen verteilte.

Ich wischte meinen Schwanz nochmal kurz in Svenjas Muschi ab, zog meine Vorhaut wieder über die blanke Eichel und mich zurück.

Auf den Monitoren beobachtete ich dann, wie Svenja Ariane umdrehte und sich ihr gegenüber setzte. Dann drückte sie ihre Muschi gegen die von Ariane und begann, intensiv daran zu reiben. Sie griff beherzt nach Arianes Möse und stimulierte diese zusätzlich mit den Fingern.

Dieser Anblick begeisterte mich sehr, wusste ich doch, dass sie mein Sperma jetzt intensiv zwischen ihren Schamlippen verteilten.

Das Treiben wurde immer heftiger und Ariane verdrehte ihre dunklen Augen nach oben, so dass zunehmend das Weiße zu sehen war. Sie schrie ihren Orgasmus heftig hüpfend aus sich heraus und sank erschöpft mit einem langgezogenen „Aaahhh!" in Svenjas Arme.

Nachdem wir uns frisch gemacht hatten und Ariane neu geschminkt war, fuhren wir mit dem Fotoshooting fort und es entstanden sehr beeindruckende Bilder, die tief in Arianes Seele blicken lassen.

Wir besitzen alle Drei den damals entstandenen Porno – mit dem gemeinsamen Versprechen, ihn niemals jemand anderem zu zeigen.

XII

„Wir betrachteten unsere
Macken mit Humor"

Tim Schönhaupt

Die Persönlichkeitsstörung von Svenja beschäftigte mich sehr und während ich alles über Borderliner und die vielfältigen Symptome ihrer Störung lernte, erfuhr ich auch mehr über mein Leiden, was sich vorrangig in tiefen Depressionen und selbstzerstörerischen Tendenzen äußerte.

Doch meine Fehlentwicklung ist gegen die zeitweise sehr unangenehme und hochempfindliche Erlebniswelt einer Borderlinerin harmlos.

Inzwischen habe ich ein recht gutes Gespür dafür entwickelt, wenn ich es mit einer solchen zu tun bekomme.

So begegnete mir eines Tages die äußerst attraktive Cynthia. Bei ihr beeindruckten mich vor allem ihre schwarz umrandeten Augen. Sie waren groß, das Augenweiß war ungetrübt und in der Mitte schimmerten ihre braunen Iriden wie Bernstein. Sie wollte Fotos von sich machen lassen und wir befanden uns beim obligatorischen Vorgespräch, in dem ich den Leuten erkläre, wie alles abläuft und wie sich die Vertragsmodalitäten zusammensetzen.

Gespräche mit ähnlich veranlagten Menschen gehen bei mir immer sehr schnell in die Tiefe. So auch an diesem Tag während meiner Unterhaltung mit der hübschen Cynthia.

Wir sprachen unter anderem auch über Svenja, meine Liebe zu ihr und ihre Borderline-Persönlichkeitsstörung. Cynthia wurde hellhörig und gestand mir, dass auch sie in ihrer Kindheit missbraucht wurde.

Ein älterer seriös wirkender Mann sprach Cynthia damals auf ihrem Weg in die Schule an und lockte sie in einen nahen Hausflur. Er versperrte die Tür und öffnete seine Hose. Seine große behaarte Hand schloss sich um ihre kleine zarte und legte sie um den schlaffen Hals seiner Giraffe. Dann bewegte er sie ein paarmal vor und zurück.

Ein schmieriger Schildkrötenkopf lugte unter einem faltigen Hautpanzer hervor. Mit ihm strich er über ihren kleinen unschuldigen Mädchenmund. Cynthia war vor Entsetzen und abgrundtiefem Ekel wie gelähmt und ließ es wehrlos über sich ergehen.

„Wenn du schreist, drehe ich dir den Hals um", drohte er rücksichtslos.

Ihr schossen Tränen in die Augen.

„Hör auf, zu flennen. Dreh dich um", forderte der Mann. „Das kann man ja nicht mit ansehen."

Er riss ihr den Rock zusammen mit Strumpfhose und Schlüpfer runter und drückte die Kleidungsstücke wie Fesseln auf ihre kleinen weißen Turnschuhe.

Der Schmerz war unerträglich, als er mit seinem Finger das kleine Gehege erkundete und Cynthia fing an, mit fest zusammengepressten Lippen zu wimmern.

„Halts Maul!", stieß sein stinkender Atem aus. Er schlug ihr gleich mehrfach auf den Hinterkopf, bis sie kleine Sternchen sah.

Die Giraffe hatte inzwischen ihren dicken Hals weit nach oben gestreckt. Der Mann wollte sie in das viel zu enge Gehege schieben. Also beugte er Cynthia nach vorn.

In diesem Moment ging das Licht im Flur an. Eine Tür fiel ins Schloss und Schritte näherten sich von oben. Cynthia wurde brutal gegen die Wand gestoßen. Der Mann rannte davon. Die große massive Holztür fiel leise klackend ins Schloss.

Das geschändete Mädchen zog sich verstört auf den Innenhof des Hauses zurück und versteckte sich dort im Dreck hinter den Mülltonnen. Sie traute sich erst am Abend nach Hause und versuchte, den Vorfall zu verdrängen, als könne sie ihn dadurch ungeschehen machen.

„Du bist der erste Mensch, dem ich davon erzähle", gestand Cynthia mir schniefend und auch mir lief eine Träne über die Wange.

„Das tut mir wahnsinnig leid Süße", flüsterte ich und nahm sie sorgsam in den Arm. Sie brach schluchzend in Tränen aus und lag bebend und heulend lange an meiner Seite. Ich ermutigte sie, alles herauszulassen und streichelte sanft ihren Kopf.

Die hübsche Cynthia wurde meine Muse.

Mit ihr realisierte ich Motive, wie ich sie nie für möglich gehalten hätte. Ich staunte, mit wie viel Kreativität die Natur Menschen wie Cynthia und mich ausgestattet hat. Und auch sie konnte nicht fassen, wie wandelbar sie ist und wie beeindruckend die fotografischen Werke waren, die wir schufen. Wir betrachteten unsere Macken mit Humor und teilweise bauten wir sie sogar in unsere Arbeiten ein.

Die Sujets mit Cynthia wiesen immer einen sehr dunklen Charakter auf. Ein Motiv zeigt ihren Kopf, umhüllt von einer Plastiktüte, unter der sie mit weit geöffnetem Rachen nach Luft schnappt; raues Paketband schnürt sich eng um sie. Eine andere Aufnahme zeigt Cynthia allein und verlassen hockend in einem endlosen Gang einer gruseligen Heilanstalt. Cynthia war auf vielen Fotos mit verheultem Kajal oder verschmiertem Lippenstift abgebildet. Andere Werke zeigten sie gefangen in knorrigen Ästen oder gefesselt mit Handschellen, Seilen, Ketten.

Auf diese Weise gelangen uns preisgekrönte Meisterwerke der Düsternis.

XIII

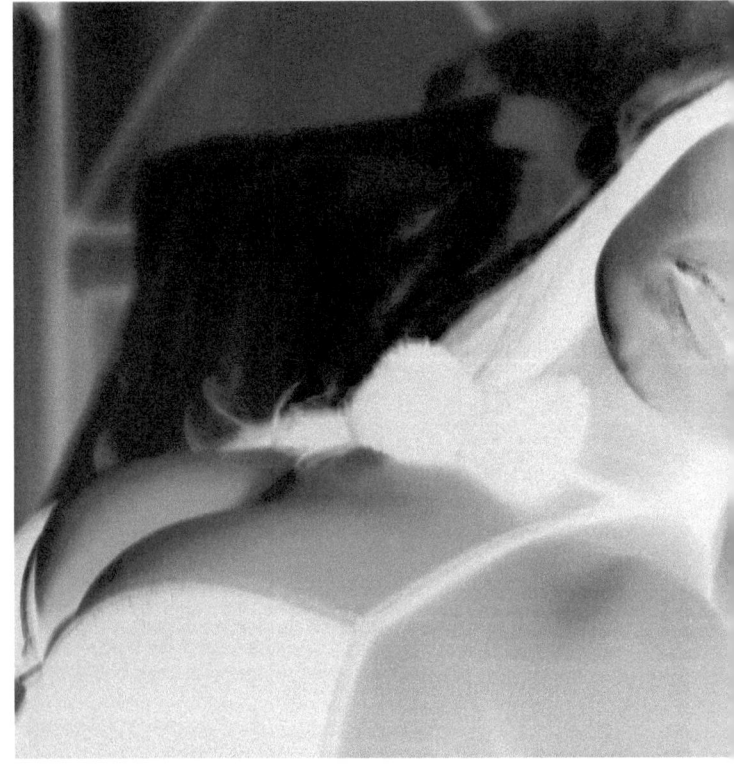

„Feuerwerk in ihrem Kopf"

Tim Schönhaupt

Seinerzeit war ich auch in einem Studentennetzwerk im Internet aktiv.

Viele angehende Akademikerinnen gingen Nebenjobs nach, um sich ihr Studium zu finanzieren. Ich stieß regelmäßig auf Models, die einen Fotografen suchten, um ihre Sedcard auf Vordermann zu bringen oder überhaupt eine zu gestalten, mit der sie sich bei potenziellen Auftraggebern und Agenturen vorstellen konnten.

Man konnte dort auch ungehemmt mit jungen Studentinnen flirten. Fast allen war gemeinsam, dass sie mehr oder weniger ungebunden und regelmäßig geil waren. Junge Menschen sind einfach toll, wenn sie ungezwungen und offenherzig ihre Freiheit genießen.

So lernte ich zum Beispiel die Gogo-Tänzerin Romy kennen. Sie trat regelmäßig im Q-Dorf in Berlin auf und verfügte über einen entsprechend durchtrainierten Traumkörper.

Sie fragte mich, ob ich auch erotische Aufnahmen machte.

Dazu muss ich erwähnen, dass Erotikaufnahmen zur Königsdisziplin der Fotografie gehören. Man kann einen Körper natürlich leicht nackt abbilden. Aber man erzeugt schnell unansehnlichen Müll, wenn man nicht mit Perfektion auf die Bildgestaltung und vor allem auf Licht- und Schattenwurf achtet.

Dennoch sagte ich zu, da ich bereits die beeindruckenden Amateuraufnahmen von Romy kannte und mir gut vorstellen konnte, mit ihr zu arbeiten.

Sie erschien mit ihrem Beschützer Jens an einem verregneten Novemberabend in meinem Studio in Berlin.

Ich habe nichts dagegen, wenn die Mädels ihre Freunde mitbringen, sofern die Jungs sich zurückhalten und zusätzliche Sicherheit und Vertrautheit vermitteln.

Mein damaliges Studio lag in einer alten Fabrikhalle. Dort befand sich am Rande von zwei großzügigen Aufnahmebereichen eine gemütliche Sitzecke. Wir quatschten uns warm und genossen den prickelnden Champagner. Danach geleitete ich die beiden zu der barocken Bettszene, die Svenja und ich im Verlauf des Tages aufgebaut hatten.

Ein schwarzes Himmelbett stand in der Mitte der Aufnahmeplattform. Es verfügte über kunstvoll geschnitzte Mahagonisäulen und samtbezogene Seitenteile. Hauchzarte bis blickdichte schwarze Vorhangfetzen gaben dem Ganzen einen vampirös viktorianischen Charakter. Die Kissen und Decken waren mit bordeauxfarbenem Satin bezogen. An den Seiten des Bettes befanden sich, in unterschiedlichen Höhen angebracht, verschnörkelte Kerzenkronleuchter, deren Wachskerzen Svenja gerade mit einem langen Streichholz entflammte.

Romy kämpfte mit Tränen, da sie sofort von der Schönheit und der anmutigen Stimmung der Szenerie erfasst wurde. Sie zog die mitgebrachte schwarze Seidenunterwäsche an, ich ließ sie verschiedene Posen einnehmen, spielte mit dem Licht und machte Testaufnahmen. Svenja schminkte sie und das eigentliche Shooting konnte beginnen.

Ich war abgrundtief heiß auf die rassige Romy und ihr muss das aufgefallen sein, denn meine dünne Leinenhose hatte Probleme, mein Glied zu bändigen. Jedenfalls bemerkte ich ihre aufreizenden Blicke, die mich förmlich auszogen. Sie ließ ab und zu schelmisch grinsend eine Brustwarze hervorblitzen oder ihr weites Seidenhöschen verrutschen, um ihre tiefrote Spalte wie zufällig ins Objektiv meiner Spiegelreflexkamera zu richten.

Ihr Begleiter Jens, der anfangs noch interessiert schien, wirkte gelangweilt. Er lümmelte sich auf der Studiocouch und spielte mit seinem Smartphone. Romy bemerkte meinen Blick in seine Richtung.

„Der hat nur Augen für seine Technik", seufzte sie.

„Bock auf Fifa?", fragte ich Jens.

Seine Miene hellte sich auf und ich bat Svenja, ihn nach oben zu geleiten. Im oberen Stockwerk befand sich mein Spielzimmer mit einem Großbildschirm und mehreren Spielekonsolen vor einer gigantischen Couchlandschaft. Kurz darauf ertönte Fußballlärm.

Svenja blieb oben.

Ich ahnte, was sie vorhatte und mir wurde klar, dass ich die Situation mit Romy genau jetzt auf eine andere Ebene bringen musste. Das war aber gar nicht nötig. Romy durchschaute die Aktion.

„Das hast du doch mit Absicht gemacht", enttarnte sie mein Vorhaben grinsend.

„Ich hatte den Eindruck, dass er der Grund dafür ist, dass du dich nicht richtig gehen lassen kannst", erwiderte ich.

„Du möchtest, dass ich mich gehen lasse?", fragte sie mit hochgezogener Augenbraue, die Arme lässig über ihren glatten, muskulösen Bauch verschränkt.

„Tatsache ist, dass Jens sich jetzt in einem Zimmer mit ausreichend Männerspielzeug aufhält. Der kommt so schnell nicht mehr runter."

„Und Svenja zählst du auch zu diesem Männerspielzeug?", fragte Romy.

„Sie dürfte gleich die Hauptattraktion für ihn sein. Aber wenn du möchtest, darfst du auch mal mit ihr spielen", antwortete ich lachend.

„Ich will lieber damit spielen", erwiderte sie mit Schlafzimmerblick, lehnte sich, die Brüste nach vorn durchgedrückt, auf ihre Ellenbogen und glitt mit ihren Zehenspitzen zu meinem Sack empor. Ich nahm ihre Füße in die Hände und strich mit ihnen mehrfach über meinen steifen Dödel. Bei einer der Abwärtsbewegungen zog ich die Hose mit runter, so dass mein Schwengel schlagartig freudig erregt hervorsprang.

Romys Augen wurden groß.

Ich stimulierte meine Latte noch ein bisschen mit ihren rot lackierten Zehen und den schmalen Füßen und näherte mich ihr dabei so weit, bis ich auf ihr lag. Romy zog die Beine an und ihre Knie berührten ihre fülligen Brüste, die sich mit harten Nippeln unter dem Seidenstoff abzeichneten. Ich stützte mich auf meine Handflächen ab und lag mit dem Bauch auf ihren Unterschenkeln, die sie wie eine Brustwehr vor sich hielt. Mein Schwanz wackelte dazwischen.

„Nimm bitte einen Gummi", bat sie.

Ich griff in eine Schublade des Bettes und nahm die kleine Aluverpackung heraus, um sie sogleich mit den Zähnen entzweizureißen.

Auf Romy liegend, langte ich mit beiden Armen nach unten und streifte das Kondom über. Ich drückte ihre langen Beine auseinander, so dass die Tänzerin aus dem Q-Dorf letzten Endes mit weit gespreizter Muschi vor mir lag. Das Seidenhöschen war elastisch genug, um den akrobatischen Spagat mitzumachen und ich konnte meinen strammen Max problemlos in Romys triefend nasse Möse schieben.

Ich merkte kaum etwas.

Widerstand war nicht zu spüren.

Es gibt diesen gemeinen Spruch von der Salami, die man in einen Flur wirft, wenn man es mit einer ausgeleierten Vagina zu tun hat. Hierbei handelte es sich um eines dieser berühmt berüchtigten Ficklöcher.

„Du machst das öfter?", fragte ich Romy.

„Du doch auch, oder?", grinste sie mich an.

Ich stieß lachend zu.

Während ich Romy in diversen Stellungen fickte und wir uns der störenden Stofffetzen so gut es ging entledigten, ertönten aus dem Stockwerk über uns die Ficklaute von Svenja und Jens. Meine kleine versaute Visagistin hatte es doch tatsächlich geschafft, den jungen Mann von seinem Fußballspiel abzulenken.

Romy wunderte sich ebenfalls.

„Wenn der sich zwischen meinen Nippeln und den Knöpfen seines Computers entscheiden soll, ziehe ich regelmäßig den Kürzeren", monierte sie.

„In so einem Fall ruf in Zukunft einfach mich an", forderte ich und drückte meinen Pimmel wieder tief in ihr Arschloch, in welches ich mich vor einigen Minuten sachte hinein gekämpft hatte. Ich griff ihr an beide Brüste und bewegte meinen Unterleib kreisend, mit meinem Penis ihren Darm stimulierend, während ich ihre Nippel sachte kniff.

Das machte Romy wahnsinnig. Sie griff sich mit ihren roten Fingernägeln zwischen die Beine und malträtierte brutal ihren Kitzler. Sie bäumte sich mit einem heftigen Kreischen auf und zuckte ruckartig hoch und runter.

Ihr gesamter Körper spannte sich an, was ich besonders an dem engen Schließmuskel merkte, der meinen Penis abzubeißen drohte.

Die junge Frau stürzte, begleitet von einem tiefen Seufzen, mit einer ausladenden Bewegung in die samtweichen Daunen.

Ich zog meinen Schwanz aus Romys Arsch raus und riss das Kondom runter. Dann kniete ich mich neben ihren Kopf und spritzte ihr, meinem Lümmel wild wedelnd, in ihre zerzausten Haare und auf ihr Ohr.

Ich wischte das restliche Sperma an ihrer Wange ab und wir blieben noch ein paar Minuten erschöpft liegen, bevor Romy mit ihrem knackigen Hinterteil zur Dusche wackelte und ich mich wieder anzog.

Jens und Svenja trieben es noch fröhlich miteinander und ich schlich mich leise nach oben. Vom Flur aus konnte ich riechen und gleich darauf auch sehen, wie Jens die Hübsche gerade in der Missionarsstellung fickte. Sein Unterleib stieß heftig zu, während Svenja ihr Gesicht zu mir drehte. Sie lächelte mich verträumt an. „Komm mit rein!", lockte sie mich telepathisch. Während Jens mit seinem Schlauch in ihr steckte, war ich auf geistigen Kanälen mit Svenja verbunden.

Ihr erotischer Mund war leicht geöffnet und ich konnte die Ansätze ihrer schönen Zähne erkennen.

Ich stand lächelnd an den Türrahmen gelehnt und schaute den beiden zu.

Jens küsste sie hastig am Hals und rammelte sie immer wilder. Sein Körper war eine einzige bewegte Muskelmaschine. Besonders beeindruckend waren seine großen Oberschenkel und die knackigen Pobacken, die jede der Stoßbewegungen freudig begleiteten. Svenja schloss die Augen. Dann drehte sie den Kopf weg, hob ihr Kinn und drückte ihren Hinterkopf fest ins Kissen. Die zarte, mit vier Leberflecken geschmückte Haut an ihrem Hals ließ die pumpende Hauptschlagader, blaue Venen und die Knorpel ihrer Luftröhre erkennen.

„Ich komme", quetschte Jens mit zusammengekniffener Mine raus. „Ahhh. Ich komme!"

Er riss seinen Schwanz aus Svenjas Muschi und schleuderte ihn kräftig vor und zurück. Dabei spritzte er sein Sperma quer über meine Make-Up-Spezialistin, mein Sofa und mein Laminat. Svenja beugte sich rasch nach vorn und lutschte ihm den Schniedel sauber, nachdem er seine Spritzorgie beendet hatte. Erschöpft bog er sich um sie und kraulte ihr dankbar den Nacken.

Ich schlich mich nach unten und zog Romy mit, die gerade im Begriff war, ebenfalls nach oben zu kommen.

„Sie sind gerade fertig geworden", flüsterte ich und hakte nach: „Seid ihr offen für einen Vierer?"

„Ich auf jeden Fall. Jens bestimmt auch", nickte sie.

So kam es, dass Romy und ihr Jens und meine Svenja und ich kurz darauf zu viert in dem großen Himmelbett lagen und uns gegenseitig langsam und liebevoll verwöhnten.

Für mich war es das erste Mal, dass ich den aphrodisierenden Schwanzgeschmack eines anderen Mannes erlebte. Der Penis von Jens war sehr formschön. Er war kraftvoll von Adern durchzogen, steinhart und komplett rasiert. Ich zog ihm die Vorhaut straff zurück und lutschte die glatte Eichel und den Eichelrand sorgfältig ab. Mich törnte der Gedanke an, dass sie kurz vorher noch in Svenjas feuchter Ritze gesteckt hatten.

Ich nahm seinen Phallus in meinen Rachen und versuchte, so tief wie möglich zu schlucken und ihn dabei möglichst überall zu berühren. Jens war etwas forsch und schob ihn mir zu tief hinein, so dass ich würgte und mir Tränen in die Augen schossen. Ich konnte sein

Drängen jedoch kurz darauf mit meinen Händen gut kontrollieren, so dass er nicht mehr ganz so tief hinein kam.

Ich lutschte und schluckte heftig an seinem geilen Schwanz und als er sich losreißen wollte, um abzuspritzen, machte ich ihm mit hartem Griff klar, dass er in meinem Mund kommen sollte, was er dann auch ausgiebig tat.

Und ich schluckte.

Und schluckte.

Mein Penis verschwand abwechselnd in den Mündern von Svenja und Romy, während Jens für seinen Teil Svenja ableckte, die breitbeinig mit ihrer Muschi über seinem Gesicht schwebte. Die Mädels küssten sich zwischendurch lange und intensiv, was nicht nur mich, sondern auch Jens total antörnte. Sein Schwanz in meinem Mund machte jedes mal einen freudigen Hüpfer, wenn die Damen sich abschleckten.

Als er gekommen war und ich seine warme Soße hinuntergeschluckt hatte, griff ich nach Romy und bugsierte ihren Kopf über meinen steifen Fickstab, um ihn nur noch ausschließlich ihr in den Mund zu schieben. Sie nahm sich seiner gierig an und nur wenige Minuten später ergoss ich mich in ihre glänzende, dick mit knallrotem Lipgloss überzogene Schnute.

Sie verschluckte sich und gleich der erste Spritzer schoss aus ihrem rechten Nasenloch wieder heraus. Sie grunzte schelmisch, wischte sich das Nasensperma von der Oberlippe und schluckte genüsslich den Rest, der aus mir hervorquoll.

Jens leckte Svenja noch ein Weilchen aber weder er noch ich hatten die Lust, sie zu ficken. Also gesellten Romy und ich uns zu Jens, um ihm bei seinem frivolen Zungenspielchen behilflich zu sein.

Wir leckten einer nach dem anderen, Romy in der Mitte, abwechselnd die glitschige Möse von Svenja. Wir bewegten uns synchron wie die Kolben eines gut geschmierten Motors auf und ab und zogen dabei mit unseren Zungen unaufhörlich den nassen Kanal zwischen den Schamlippen von Svenja nach. Sie drückte sich lustvoll ins Bettzeug und stöhnte ununterbrochen; fast schon leidend.

Svenja kam ganz furios und genoss das einzigartige Feuerwerk in ihrem Kopf.

Dann legten wir Romy an ihre Stelle. Wir wiederholten die Schlabberaktion mit ihr und erlangten dabei fast den gleichen Leckrhythmus wie bei Svenja. Ich sah aus den Augenwinkeln heraus, wie Romy sich an ihre Titten fassen wollte. Ihre Hand krallte sich aber gleich wieder, hilflos und brutal von der Lust übermannt, in die Decke.

Romy ergab sich schreiend und zappelnd der gnadenlos monotonen Stimulation durch unsere drei Zungen in einen säuischen Orgasmus, wobei sie ein paar Spritzer weiblichen Ejakulats absonderte.

Ich wischte es aus meinen Bartstoppeln und leckte neugierig meinen Finger ab. Romys Saft schmeckte nach blumig parfümiertem Urin.

Wir brachten sie wieder in Form und ich lichtete sie noch in einigen aufregenden Posen ab. Svenja und Jens standen nackt daneben (abgesehen von den schwarzen High Heels an Svenjas langen Beinen) und streichelten und küssten sich.

Meine Auftraggeberin war auf jeden Fall sehr glücklich mit diesem Shooting und den gemeinsamen Arbeitsergebnissen.

XIV

„Erregte Delfine unter
der bewegten Hautoberfläche"

Tim Schönhaupt

In dem Fotoalbum einer Freundin entdeckte ich eines Tages Charlotte. Das Bild zeigte die Blondine mit schulterlangen Haaren und stark geschminkten dunklen Augen in einem leeren Hörsaal. Mich beeindruckte dieses Foto so sehr, dass ich ein Date mit ihr arrangierte.

Wir trafen uns in Berlin am Brandenburger Tor und setzten uns in ein Café. Unsere Gespräche bewegten sich nach dem obligatorischen oberflächlichen Smalltalk schnell in die Tiefe und ich glaubte, eine Art Seelenverwandtschaft zwischen Charlotte und mir zu erkennen.

Auf dem Weg nach Hause nahm ich sie in den Arm und sie schmiegte sich an mich. Wir küssten uns sinnlich in der S-Bahn.

Wir benutzten den Aufzug zu ihrer Wohnung und während dessen Tür sich schloss, fragte ich: „Was machen wir, wenn er jetzt stecken bleibt?"

Charlotte antwortete: „Ficken!"

An diesem Tag kam es leider nicht mehr dazu und ich geduldete mich bis zu unserem nächsten Treffen.

Charlotte kam schon bald bei mir zu Hause.

Ich bereitete Sushi zu und nachdem wir das sinnliche Mahl genossen hatten, dauerte es nur

Sekunden bis wir splitterfasernackt und wild miteinander verschlungen auf dem Bett lagen. Sie drückte mich in die Federn und begann, mich mit dem Mund zu verwöhnen.

Dieses Täubchen tat das sensationell!

Sie wusste ganz genau, wie sie mich mit dem Rand meiner Eichel an den Rand meines Verstandes bringen konnte, indem sie ihn gekonnt mit ihrer Zunge umspielte.

Meine Lust stieg ins Unermessliche, als sie meinen Schwanz ganz tief schluckte und ich von der Seite sah, wie sich ihr Kehlkopf langsam und im Takte ihrer Bewegungen hoch und runter bewegte. Er sollte noch tiefer in ihren Schlund gelangen. Ich legte mich so flach wie möglich hin und drückte mein Becken nach oben, damit der steife Turm von Tim möglichst hoch hinaus ragte.

Ich wollte sie zu mir hochziehen, um sie zu küssen und ihr meinen Dödel zwischen die Beine zu schieben. Aber sie wehrte sich sanft und blieb mit ihrem Mund an meinem Schlauch angedockt.

„Also gut, dann serviere ich es dir eben auf diese Art", dachte ich bei mir, schloss die Augen und genoss ihr hart-zartes Spiel mit meinem prallen Kolben. Ich wies sie mit tiefem

Stöhnen auf den Umstand hin, dass sich mein Orgasmus ankündigte.

Charlotte bewegte ihren Kopf immer schneller auf und ab. Mein Schwanz drohte zu bersten und als es definitiv nicht mehr zurückzuhalten war, ergoss ich die volle Ladung in ihren Mund.

Es war sehr viel.

Sie bäumte sich beim ersten Strahl würgend auf. Doch sie ließ nicht von mir ab. Ihre Lippen hielten meinen zuckenden Schaft und ihren reizenden Hustenanfall fest umschlossen.

Und während sie durch ihre Nase husten und noch an der ersten Portion schlucken musste, folgten bereits der nächste Spritzer und der nächste.

Das war der gehaltvollste Orgasmus in meinem Leben und auch Charlotte bestätigte mir, dass ihr noch nie eine solche Menge Sperma beschert wurde.

Überhaupt war sie medizinisch sehr interessiert und wusste um die gesundheitsfördernden Eigenschaften dieses Zaubersaftes. Es ist schade, dass nur wenige Frauen dieses Geheimnis kennen. Aber gern kläre ich immer wieder darüber auf.

Um gleich den häufig gebrauchten Gegenargumenten zuvorzukommen: auch ich habe ihn bereits gekostet und mit der Ficksahne Bekanntschaft gemacht. Und jeder einigermaßen sportliche Mann kann gern versuchen, nachzuempfinden, wie sich die Seite der Frau anfühlt, indem er sich selbst einen bläst oder sich zumindest ins Gesicht spritzt.

Und der leicht gesalzene Saft ist ein himmlischer und vor allem entzündungshemmender und antibakterieller Genuss, den ich jedem gesundheitsbewussten Sex-Gourmet mit Nachdruck empfehle.

Die Beziehung zu Charlotte war kurz aber intensiv. Sie besuchte mich jeden Tag und wir trieben es sofort abgründig tief und turbulent miteinander.

Es entwickelte sich förmlich zum Ritual, dass ich sie am Bahnhof abholte und sie schon wenige Augenblicke nach der Ankunft in meiner Wohnung meinen steifen Schwanz in ihrem Körper spürte.

Sie rauchte gern Zigarillos.

Ich verlangte von ihr, dies ausschließlich in der Küche zu tun, da ich Nichtraucher bin und es nicht mag, wenn der kalte Rauch sich wie ein Krebsgeschwür in der ganzen Wohnung verteilt.

Nach einem turbulenten Quickie mit ihr, fand ich Charlotte eines Tages nackt auf dem schmalen Barhocker in der Küche sitzend.

Die Situation erregte mich sehr: das bildhübsche junge Mädel saß vor mir, lasziv an der Tabakrolle saugend. Ihr nackter Körper schmiegte sich perfekt drapiert an die Bar. Ihr Kinn ragte keck in die Höhe, während aus ihrem breiten aber sehr sinnlichen Mund langsam eine weiße Qualmwolke nach oben wälzte. Ihre Wangenknochen bewegten sich kaum merklich und fast synchron zu den straffen Muskeln ihrer übereinandergeschlagenen Schenkel.

Diese Schenkel öffnete sie langsam und erlaubte mir einen tiefen Blick in die rosafarbene Blüte zwischen ihren Beinen. Sie nahm einem weiteren herzhaften Zug aus dem Zigarillo und schaute mich fordernd an.

Ich war nackt, näherte mich ihr, bis sich unsere Nasenspitzen berührten und glitt ohne jede Anstrengung mit meinem schon wieder steifen Penis in sie hinein.

Der Barhocker erwies sich als äußerst praktisch, da ich ihn einfach nur im Takt kippen musste, um in Charlotte rein und wieder raus zu gleiten.

Währenddessen sog sie genüsslich an ihrem Zigarillo und gab den Rauch kurze Zeit später wieder frei. Sie rutschte vom Hocker als sie genug hatte und bediente abwechselnd die Tabakrolle und meinen Schwanz mit ihrem Mund.

Das furiose Spektakel ließ nicht lange auf sich warten. Ich schoss meine Spermaraketen auf ihre kurze Flugreise in die Mundumlaufbahn, während Charlotte die bemannten Flugobjekte geschickt in ihrem Rachen sammelte, bis keines mehr abhob und die Startrampe wie leer gefegt war. Die nackte Göttin beförderte die glorreichen Fliegerasse erneut in ihren Mund und ließ mich noch einmal einen Blick auf meine glitschigen Helden werfen, bevor sie sämtliche Stomanauten glucksend hinunterschluckte. Es folgte ein tiefer abschließender Zug aus dem qualmenden Zigarillo. Dann zerdrückte sie ihn brutal und er zerstob in glimmender Asche.

Es gab oft Augenblicke zwischen uns, in denen wir unsere „Seelen ficken" ließen, wie wir es bezeichneten. Dann verschmolzen unsere Blicke ohne jedwedes Lidzucken und ein jeder versank tief in den Augen des anderen. Das waren im wahrsten Sinne des Wortes magische Augenblicke.

Wir fickten auch gern in der Badewanne. Ich bin normalerweise kein Freund davon, da es sehr beengt vonstatten geht und man sein Bad ständig unter Wasser setzt, wenn das Treiben im Nass ausartet.

Und mit Charlotte artete es oft aus.

Doch mit ihr nahm ich das Schwimmbad gern in Kauf, wenn ich mich dafür in die zuckersüße Fickpuppe entladen durfte.

Wir hatten Schürfwunden von meinem Teppich. Und wir fragten uns, wie diese mit dem groben Stoff überhaupt erst in Verbindung kommen konnten.

Zum Beispiel war meine Arschritze einmal heftig aufgescheuert. Und ich erinnerte mich, dass Charlotte ihren Schoß wild auf meinem rieb. Dabei drückte sie mich tief und fest auf den Teppich, während sie ihre Muschi auf mir kräftig vor- und zurückzucken ließ. Genauso gut hätte ich mir den Arsch mit Sandpapier abwischen können.

Wir trieben uns im Sommer gern in Potsdam herum. Wenn die Touristen sich abends aus den Schlossgärten in die Innenstadt oder in die Busse zurückziehen, dann schlägt die Stunde der einheimischen Romantiker.

Herrliche Vollmondnächte locken die Nachtschwärmer in die Schlossgärten der Orangerie oder zum Neuen Palais und in so mancher Ecke hört man es rascheln, stöhnen oder kichern.

Charlotte und ich trieben es auf die Spitze, indem wir es unter dem Nauener Tor machten.

Die Plätze in den umliegenden Restaurants waren restlos belegt und die Besucher und Einwohner der Stadt genossen die vielfältigen Leckereien und Spezialitäten, die ihnen in dieser lauen Sommernacht kredenzt wurden. Eine ausgelassene Combo spielte beim Café Heider entspannte Jazz-Melodien. Die warmen roten Backsteine des Holländischen Viertels warfen zufällig aus der der Luft gepflückte Gesprächsfetzen auf die Sommergäste zurück.

Ich drückte Charlotte mitten in diesem Trubel gegen die kühle Betonwand in der Unterführung des Tores, schob ihr das dünne Kleidchen über ihren Unterleib und fickte sie spontan und heftig und ohne Rücksicht darauf, dass jederzeit ein Radfahrer oder Passant auf uns stoßen könnte.

Ich spritzte schon nach wenigen Fickschüben in meine Partnerin ab und ließ meinen Lümmel wieder in der Hose verschwinden.

Charlotte streifte sich ihr Kleidchen glatt, schob sich ein Haarsträhnchen hinters Ohr und wir gingen händchenhaltend und breit grinsend weiter, als ob nichts geschehen war.

Ein anderes Mal liebten wir uns intensiv in einem Strandbad unter einem Steg, während uns ein Liebespärchen verstohlen und eng umschlungen zuschaute. Ich staunte, dass die Muschi von Charlotte im Seewasser noch schlüpfrig war. Im Nachhinein meinte sie jedoch, dass es etwas schmerzhaft gewesen sei. Doch die Blicke des anderen Pärchens hätten sie sehr angetörnt.

Wir standen auf Pornos.

Bei einem Bekannten schauten wir mit unseren Freunden ein paar dieser Filmchen. Das machte uns beide so geil, dass wir vor den Augen der Anwesenden kurz aufs Gäste-WC verschwanden, wo ich Charlotte lautstark auf dem Waschbecken bumste, um mit ihr anschließend völlig entspannt und gelöst ins Wohnzimmer zurückzukehren.

Dort gesellten wir uns wieder auf die Couch zu dem breit grinsenden Rest der Anwesenden, als wäre nichts gewesen.

Wir drehten beide einen extrem scharfen Porno, an dessen Ende ich ihren sich räkelnden Körper über und über von oben bis unten mit Sperma überziehe.

Ich hatte mein Handy mit Videoaufnahme-funktion an den Rand ihres Bettes gestellt und lockte Charlotte zu mir. Ich war nur mit meiner Unterhose bekleidet.

Sie zierte sich erst, kam dann aber langsam ins Bett getigert. Sie hatte Büstenhalter, Slip, Strümpfe und Hackenschuhe an; alles in schwarz. Die Strümpfe wurden von Strapsen gehalten. Charlotte sah mit ihren kurzen blonden Haaren umwerfend aus.

Sie kroch über mich und wir küssten uns ganz langsam. Dann glitt sie hinunter, zog meine Unterhose aus und begann meinen Penis langsam und tief zu schlucken. Ich fuhr ihr mit meiner Hand ins Haar, packte zu und beschleunigte die Bewegung ihres hübschen blonden Kopfes. Glucksend ging er hoch und runter, um mir kräftig einen zu blasen.

Ich zog sie hoch, um sie auf den Mund zu küssen und mir meine Portion Schwanzgeschmack zu stibitzen. Sie nahm meinen Steifen in ihre Hand, so dass sie ihn tief in sich reinstecken konnte, nachdem ich ihr Höschen seitlich neben ihrer Muschi drapiert hatte.

Dann fickten wir.

Ich rammelte sie mal schnell, mal langsam. Dabei löste ich die Knöpfe ihrer Strumpfhalter und den Verschluss ihres Büstenhalters. Als wir diesen zusammen abstreiften, kamen ihre schönen runden und festen Brüste zum Vorschein, die ich sofort in die Hände nahm, um sie intensiv zu ertasten.

Dann wechselten wir die Position. Ich kniete mich hinter Charlotte, während sie die Hündchenstellung einnahm. Dabei zog sie ihre Schuhe aus und warf sie an den Rand des Bettes. Sie streifte ihre Strümpfe ab. Währenddessen zog ich ihr den Slip aus und leckte ihre freigelegte Möse, während der Schwengel in meinem Schoß ungeduldig auf und ab wippte.

Ich steckte ihn in Charlotte, als ihre engen Schamlippen genug Muschischleim abgesondert hatten. Dann bumste ich sie sehr heftig von hinten, während sie vorn zu schreien begann.

„Oh Tim, Tim, Tim!"

Meine Hände hielten ihre Hüfte in der Zange, während ihr muskulöser Rücken sich diesem Griff zu entziehen versuchte. Sie drehte ihn zu den Seiten und manchmal legte sie ihn erschöpft auf dem Bett ab, um Energie für den nächsten Ausbruchsversuch zu sammeln.

Gnadenlos stieß ich zu und ließ sie nicht entkommen. Meine dicker Rüssel drang tief in sie ein. Meine Klauen hielten sie gepackt. Das Wirbeltier unter ihrem rasierten Nacken wand sich wie die Glieder einer gefangenen Raupe und übergab sein pulsierendes Spiel ans Rückgrat. Ich torpedierte die geile Blondine ununterbrochen mit meinem dicken Aal. Ihre filigranen Schulterblätter tauchten wie freudig erregte Delfine unter der bewegten Hautoberfläche auf und ab.

Dann sackte ich erschöpft zusammen, schob Charlotte aber sofort wieder die Zunge in die Fotze, um diese genüsslich auszulutschen. Während ich leckte, hielt ich kurz inne, drehte mein Weibchen auf den Rücken und machte mit dem Zungenspielchen weiter. Ich nahm meine Finger zur Hilfe und schob ihr mal einen, mal zwei hinein, während ich zart an ihrer Klitoris schlürfte. Charlotte krallte ihre Hände in mein Haar und riss an meinem Kopf. Ihre Zehen krümmten sich lustvoll.

Ich entzog mich ihrem Griff und erhob mich. Mein Glied ragte steif nach oben. Zwischen ihren Beinen bildeten die äußeren und inneren Schamlippen eine wunderschöne Raute, die in der Mitte den feuchten kleinen Schlitz und den empfindlichen Knopf darüber freigab.

Ich drückte meinen Schwanz nach unten, um ihn in die schmatzende Spalte zu schieben. Charlotte stöhnte auf und schob mir ihr Becken entgegen. Ich hielt mit der Linken ihr Bein fest und stützte mich mit der rechten Hand auf dem Bett ab, während ich sie rasend rammelte.

Sie warf ihren Kopf nach hinten und fuhr sich mit der Hand durch die blonden Strähnen. Ihre Augen waren sinnlich geschlossen; der Mund leicht geöffnet. Ich packte ihren Hals, um sie dezent zu würgen. Diese Dominanzgeste machte sie wahnsinnig. Auch mir drohte, der Verstand auszusetzen. Ich zog meinen Pimmel aus Charlotte raus und begab mich neben ihren Kopf.

Während sie sich lustvoll im Bett räkelte, nahm sie mich an meiner empfindlichsten Stelle in den Mund und lutschte und schluckte und leckte und saugte.

Ihre Hände strichen über ihre Brüste und glitten hinab zwischen ihre Beine, wo die Finger über den Kitzler herfielen.

Ich bäumte mich auf. Meine Brustmuskeln und die dicken Bizeps zuckten heftig, als ich meine Vorhaut noch ein paar mal vor und zurück riss.

Dann brach es aus mir heraus.

Ich schoss Charlotte den ersten Spritzer auf die Muschi. Der Spermastreifen zog sich quer über ihre Schamlippen. Der nächste landete auf ihrer rechten Titte und glitt langsam hinunter in das schweißnasse Tal zwischen ihren Brüsten. Dann traf ich ihren Bauch, wo der grauweiße Fleck wie Zuckerguss neben dem süßen Bauchnabel verharrte. Den Rest meiner edlen Tropfen verteilte ich in ihrem Gesicht.

Charlotte lutschte meine dunkelviolette Eichel und ihre kleine rötliche Öffnung sauber und schob sich den Schwanz noch ein paar mal in den Mund, bis er reinlicher als bei seiner Geburt war.

Ich fuhr währenddessen mit meiner Zunge über ihren Körper und holte mir meine deliziöse Ficksahne zurück. Dann begab ich mich zu meinem Handy, stoppte die Aufnahme und schickte Charlotte eine Kopie unseres gemeinsamen Films.

Es gab kaum Tabus für Charlotte und mich.

Mit ihr konnte ich mich zum ersten Mal in meinem Leben richtig gehen lassen.

Doch auch diese Beziehung fand ihr unrühmliches Ende. Charlotte bemängelte eines Tages aus heiterem Himmel: „Du willst ja nur meinen Körper!"

Ich fühlte mich unverstanden. „Nein, ich will auch deine Seele."

Sie gestand mir, dass sie nicht mehr bei mir bleiben wollte. Sie fühle sich eingeengt und sie sei jung und befürchte, so vieles zu verpassen.

Gemeinsam heulten wir uns die Augen aus.

Ich verstand das junge Mädchen, welches nur halb so alt war wie ich. Sie sollte mehr vom Leben geschenkt bekommen, als einen alten Knacker. Meine Liebe zu ihr blieb und wir hielten Kontakt.

XV

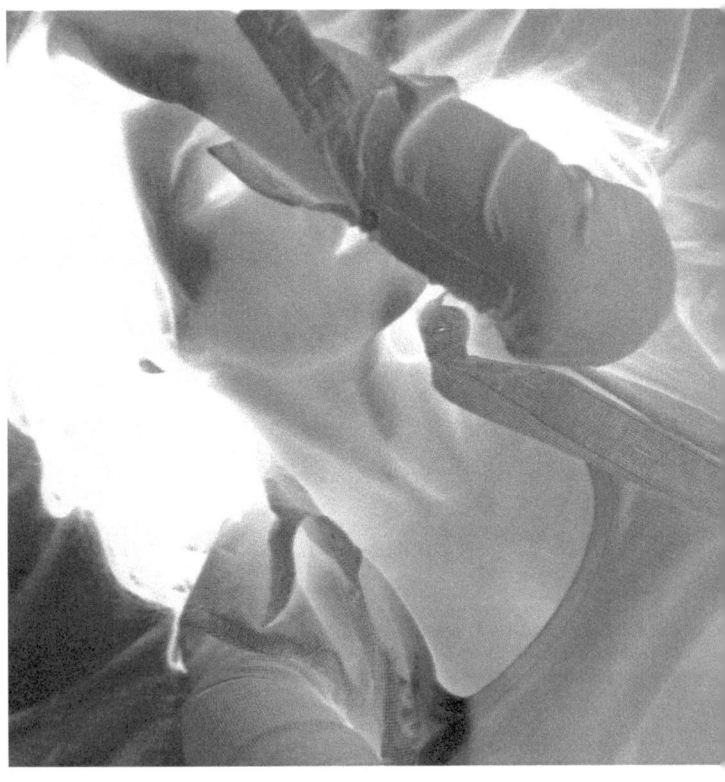

„Am nächsten Tag meine
Portion Morgennektar"

Tim Schönhaupt

Leute kamen und Leute gingen.

Frauen stolperten in mein Leben und verließen es auch wieder schlagartig. Begegnungen aus der Not heraus zählen auch dazu. Nichts ist schlimmer im Leben eines Singles, wenn ihn die Lust übermannt. Dann wird Handarbeit geleistet oder es schlägt die Stunde der Notgeilen, der Schüchternen und der Abgelehnten.

Nadine war so eine Abgelehnte. Sie war nicht sonderlich hübsch. Manch unsensibler Zeitgenosse würde sie sogar als hässlich bezeichnen. Aber ich ahnte, dass Nadine über einen traumhaften Körper verfügt, da mein geschultes Fotografenauge sie bereits intensiv begutachtet hatte.

Nadine lebte in der Nachbarschaft.

Ich redete mir ein, dass sie sich bestimmt ebenso nach Zärtlichkeit sehnt wie ich. Also rief ich Nadine an.

Ob sie Lust auf Pizza hätte.

Ob sie mit mir einen Film schauen würde.

Ihre Antwort lautete: „Aber nur, wenn ich nicht als Notnagel diene!"

Ich dachte so bei mir: „Sie sieht nicht sonderlich gut aus, aber Dummheit kann man ihr auf keinen Fall unterstellen."

„Ich weiß gar nicht, was du meinst Nadine."

Keine halbe Stunde später stand sie frisch geduscht duftend vor meiner Tür. Wir vertilgten die Pizza und ich fing an, mit ihr zu schmusen. Sie blockte ab.

„Lass uns den Film gucken!"

Also begaben wir uns auf das Sofa und ich startete das Abspielgerät. Ich nutze gern meine umfassende Bibliothek an Kunst- und Stummfilmen für solche Gelegenheiten. Diese Streifen können äußerst ermüdend sein und dazu verleiten, sich mit allem zu beschäftigen – nur nicht mit dem cineastischen Meisterwerk.

Nadine kuschelte sich an mich, während „PI" von Darren Aronofsky lief und irgendwann knutschten wir miteinander. Ich nahm ihr die Brille ab, ohne die sie gleich viel besser aussah, und begann, sie auszuziehen.

Sie stutzte kurz, als sie in meine kurzgeschorenen Schamhaare fasste. Doch mein Griff in die ihrigen bewies mir, dass sie das nicht abtörnte. Im Gegenteil, sie war glitschig feucht und ihre heiße Möse troff geradezu vor Geilheit.

Ich begann, sie oral zu befriedigen. Und ich staunte, wie gut sie roch und schmeckte. Ihr feuchter Nektar in dem lockigen Pelz zwischen ihren Beinen war ein Hochgenuss und ich konnte nicht aufhören, mich daran zu laben.

Nadine und ich fickten bis in die frühen Morgenstunden. Ihr Körper fühlte sich wunderbar an. Ich schlürfte am nächsten Tag meine Portion Morgennektar zwischen ihren Beinen und legte mich in die Wanne. Sie ließ sich zu mir gleiten und es ging dort weiter, wo wir ein paar Stunden zuvor aufgehört hatten.

„Hast du etwas dagegen, wenn ich dich in den Arsch ficke?", fragte ich.

Sie verneinte, bat mich aber, vorsichtig zu sein. Ich weitete ihr Loch mit den Fingern und drückte meinen erigierten Bolzen langsam in ihre Rosette. Mit ein bisschen Druck schob ich ihn schließlich vollends in sie hinein. Nadine unterdrückte einen Schmerzschrei und presste Mund und Augen gequält zusammen. Ich versuchte, mich möglichst nicht zu bewegen und ließ sie sich an diesen Zustand gewöhnen. Langsam entspannte sie sich und ich zog meinen Schwanz sachte zurück, um ihn ihr erneut behutsam hineinzuschieben. Nadine geriet zunehmend in Rage und genoss den Arschfick dann ebenfalls.

Während sie an ihrer Muschi rieb, überkam sie schlagartig ein unkontrollierbarer Orgasmus. Sie fing an, zu zittern und schüttelte sich unaufhörlich, während ich immer noch in ihrem Arschloch steckte.

Ich spürte, wie sich auch bei mir das Ende ankündigte und somit stieß ich meinen leicht mit Kot verschmierten Schwanz noch zweimal kraftvoll in das zuckende keuchende Liebchen, bevor ich die volle Ladung in sie abspritzte. Sie spürte das, denn gleich überkam es sie erneut. Lustvoll schrie sie auf und brach unter einem langgezogenen Stöhnen zuckend zusammen.

Ich legte mich auf sie und nahm sie in meine Arme, an die sie sich dankbar festklammerte.

XVI

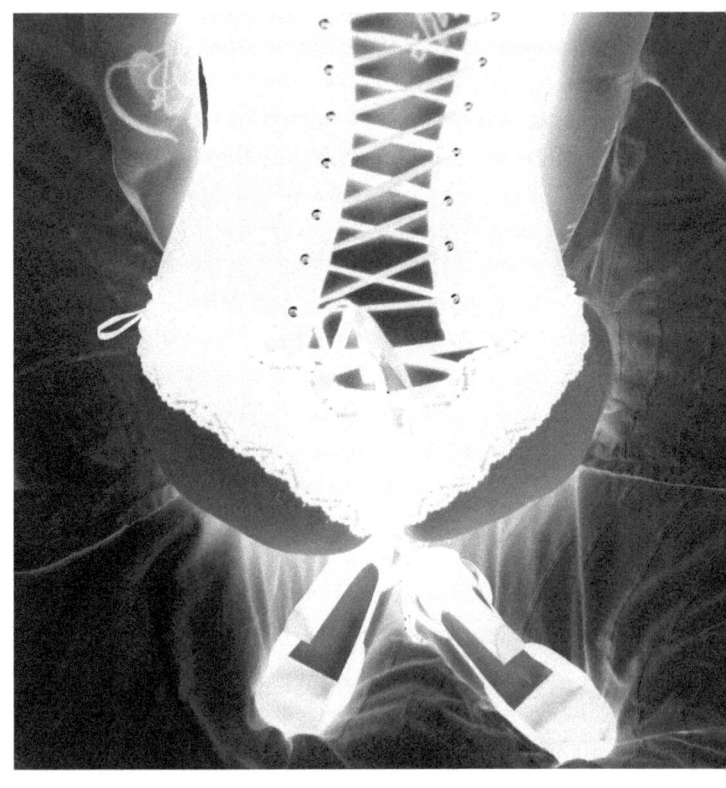

„Perücken können Ehen retten"

Tim Schönhaupt

144

Manch weibliches Wesen war fasziniert von mir und haderte leider mit einer nicht erwiderten Liebe.

Jana erging es auch so.

Sie kannte sich mit Reiki aus und ich genoss die Stunden mit ihr, in denen sie ihre Energie freigiebig über meinen nackten Körper verteilte.

Leider sprach Jana mich vom Typ her überhaupt nicht an. Das tat mir im Herzen leid, da ich merkte, dass sie sich nur allzu gern auf mich eingelassen hätte. Zwischen uns beiden blieb es somit bei einer platonischen Liebschaft.

Ich begleitete Jana eines Tages zu einer Messe, auf der sie ihre vielfältigen Therapien an den Mann bringen wollte. Ich für meinen Teil hoffte, dort eventuell Neuaufträge für meine Fotografentätigkeit generieren zu können. Doch statt der erhofften Auftraggeber begegnete mir – Anna.

Anna war ein Vollblutweib und entsprach auf den ersten Blick nicht meinem Beuteschema. Mich zog es immer zu mädchenhaften, eher schüchternen Frauen. Anna jedoch war selbstbewusst, erfolgreich und äußerst intelligent.

Von diesem Abend bekam ich nicht mehr viel mit, da mein steifer Willi mein Denken beanspruchte und er sich in seiner Fantasie von Anna genussvoll ablutschen ließ. Anna gegenüber konnte ich diesen Umstand leider nicht mehr zur Sprache bringen, da sie die Veranstaltung vorzeitig verließ.

Ich hatte ihr glücklicherweise meine Karte gegeben und wenige Tage später meldete sie sich bei mir und wir vereinbarten ein Treffen.

Wir lagen auf einer Wellenlänge. Anna deutete dieselben Störungen an, wie ich und schnell wurden wir ein Paar. Sie war äußerst humorvoll und ich erinnere mich im Nachhinein nur an glückliche und freudvolle Tage mit ihr.

Unser erster gemeinsamer Sex fand bei ihr zu Hause statt. Wir begaben uns, mit zwei Perücken bewaffnet, auf die Kostümparty eines Bekannten von Anna. Mit uns war nichts anzufangen und wir langweilten die anderen, da wir die ganze Zeit knutschend auf dem Sofa saßen. Wenn einer von uns doch mal zum Buffet oder zu den anderen ging, hielten unsere verliebten Blicke den innigen Kontakt aufrecht.

Mir war klar, dass Anna keine Frau für eine Nacht war. Und obwohl wir uns schon häufig zu ähnlichen Gelegenheiten getroffen hatten, spürten wir beide, dass dies der Abend war, der alles ändern würde. Wir begaben uns nach der Party schnell zurück in ihre Wohnung. Anna hatte immer noch die Perücke auf, die aus ihr eine rassige Rothaarige machte.

Kleiner Tipp: Wer sich zusammen mit seiner Frau langweilt, sollte ihr eine Perücke aufsetzen. Perücken können Ehen retten.

Kaum hatten wir die Wohnungstür geschlossen, sank sie vor mir nieder, griff in meinen Hosenschlitz und sog gierig meinen Penis in sich hinein.

Es beeindruckte mich, dass wir uns neben dem Ganzkörperspiegel auf ihrem Flur befanden und ich dem Treiben somit aus erster Reihe zuschauen konnte, zeitgleich beteiligt war und jede Bewegung spürte.

Ich zog Anna hoch, schleuderte sie herum, schob ihr Kleid nach oben, riss ihr den Slip runter und glitt mit meinem Liebesstachel zwischen ihre Beine. Sie streckte mir fordernd ihr Hinterteil entgegen und ich fing an, sie wie wild zu rammeln.

Die Welt wackelte.

Mein Blick in den Spiegel zeigte ein genussvoll fickendes Pärchen, welches seinen naturgegebenen Trieben Folge leistete.

Das Spiel wurde ins Schlafzimmer verlegt und dort ließ ich es ruhiger angehen. Ich verwöhnte Anna ausgiebig mit Mund und Zunge und bewegte mich danach in der Missionarsstellung in sie hinein und langsam wieder heraus.

Ich spielte das Zählspiel mit ihr.

Bei diesem schiebt man seinen Schwanz neunmal ganz langsam in die Frau hinein und zieht ihn genauso oft und langsam wieder hinaus. Nur beim zehnten Mal stößt man hart und kräftig zu, um ihn gleich darauf wieder schnell herauszuziehen.

Dann beginnt die nächste Runde.

Achtmal langsam, zweimal schnell.

Dann siebenmal langsam und dreimal schnell. Bis man in der letzten Runde zehnmal schnell und heftig in die Frau rein und raus stößt.

Anna machte das unheimlich geil.

Sie biss und kratzte und ergab sich letztendlich meinem Spiel und dem darauf folgenden ungezügelten Orgasmus.

Rücksichtslos kreischte sie ihre Lust aus sich heraus und blieb mit ausgeweiteten Armen unter mir liegen.

Die Augen geschlossen.

Der Leib erschöpft.

Wenn wir uns von der anstrengenden Arbeit erholten und irgendwo auf der Welt herumtrieben, war es besonders schön.

Ich schwebte mit ihr zum Beispiel im siebten Himmel nach Malaga. Wir hatten uns dort in eine einsame weiße Villa eingemietet und genossen den Blick über die Stadt, während wir an der Balkonbrüstung lehnten. In der Nähe des Hauses flimmerte die spanische Savanne und unter uns lag einladend der himmelblaue Swimmingpool. Der Himmel selbst verschmolz wolkenlos mit dem Horizont. Auf dem Mittelmeer waren vereinzelt Schiffe zu erkennen, die auf den Hafen der Stadt zustrebten. Dessen Kräne und die Hochhäuser Malagas erhoben sich einige Kilometer weit entfernt. Das turbulente Stadtleben war nur zu erahnen, da wir weit draußen auf einem Hügel logierten.

„Nimm mich! Jetzt!", verlangte Anna und zog sich ihr Kleid über den Kopf. Sie lehnte sich mit ihrem makellosen sonnengebräunten Körper an die Brüstung und reckte mir verlangend ihr formschönes voluminöses Hinterteil entgegen. Ich zog mich aus und verschmolz mit ihr. Dieses Erlebnis war irre. Unter uns pulsierte das Leben der flirrenden Mittelmeermetropole und in Anna pulsierte mein Schwanz.

Unsere Wege trennten sich von Zeit zu Zeit, allerdings nur, um nach wenigen Wochen wieder zusammenzufinden.

Während der Trennungsphasen begegnete ich anderen Frauen, mit denen ich gemeinsames Liebesglück teilen durfte.

XVII

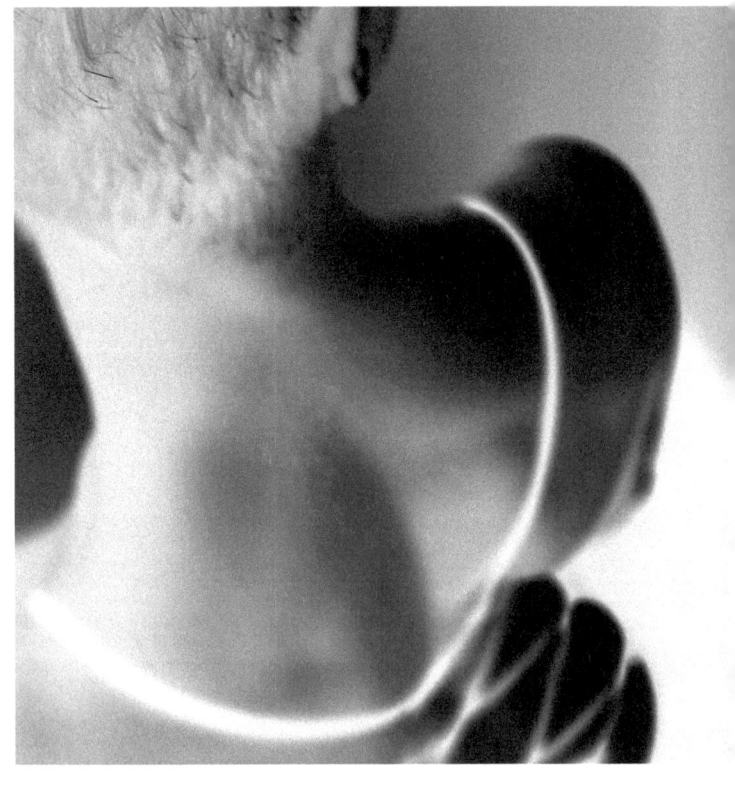

„Die alles umfassende Krake steckte mit ihrem Tentakeln tief in unseren Chakren"

Tim Schönhaupt

Charlotte tauchte auch wieder auf. Ich wollte mich mit ihr spontan in dem Strandbad treffen, an welches uns die gemeinsame Erinnerung band.

Ein beruflicher Einsatz kam leider dazwischen, so dass ich es nicht geschafft hätte, rechtzeitig in dem Strandbad zu erscheinen. Aber es genügte, um Charlotte in ihrer Wohnung zu besuchen.

Sie bat mich herein und bewirtete mich freundlich. Wir tranken Kräuterschnaps und begannen, die alten Geschichten aufzuwärmen und fünf Minuten nach Gesprächsbeginn war mir klar, das Charlotte rollig war und liebend gern mit mir ficken wollte.

Ich trieb diesen Zustand auf die Spitze und genoss es, sie süß zu quälen. Ein Wort ergab das andere und irgendwann bestand unser Gesprächsstoff nur noch aus sexuellen Andeutungen und Zweideutigkeiten.

Charlotte begann, mich nach meinen pornografischen Vorlieben zu befragen. Ich erwähnte mein Faible für Mittelalterszenarien.

„Es gibt da zum Beispiel diesen Film in einem Kerker. Der Kerl liegt in Ketten und zwei geile Wächterinnen müssen sich um ihn kümmern."

„Echt? Lass mal suchen", verlangte Charlotte und griff nach ihrem Tablet-PC. In Kürze war der Film gefunden und sie schaute dem Treiben gebannt zu. Ich lehnte mich zurück und genoss es, förmlich mit anzusehen, wie sie immer feuchter wurde.

„So ein richtig geiler steifer Schwanz ist aber auch durch nichts zu ersetzen", erwähnte ich grinsend, als die Darstellerinnen sich in einer lesbischen Szene gerade miteinander vergnügten. Das genügte, um das Fass zum Überlaufen zu bringen. Charlotte schmiss das Tablet auf den Tisch und sprang mich an.

Küssen kann man das, was wir machten, nicht mehr bezeichnen. Wir bissen uns und rissen uns stürmisch die Kleider vom Leib. Unsere Körper und Gliedmaßen verwandelten sich in Sekundenschnelle in ein undefinierbares Knäuel, in dem gelutscht, geleckt, geküsst wurde. Es wurde gegrapscht, gefühlt, gefickt.

Wir waren völlig haltlos.

Ich steckte mein Glied in jede passende Körperöffnung von Charlotte. Sogar in ihren Ohren, in ihren Nasenlöchern und in ihren Achselhöhlen versuchte ich es. Dieses Mädchen war unfassbar aufgegeilt; genau wie ich.

Nachdem unser Verlangen ein wenig nachließ, beruhigte sich die Situation etwas und wir fanden zu unseren alten Vorlieben zurück. Ich fickte ich sie von hinten und sie bat: „Spritz mir auf den Po."

„Nein, ich will in deinem Mund kommen", korrigierte ich unsere gemeinsame Fantasie.

„Okay", hauchte sie und ich zog meinen Schwanz aus ihr raus, nur um ihn ihr im nächsten Moment in den willigen Mund zu schieben. Wie beim allerersten Mal mit Charlotte, spritzte ich ihr auch diesmal eine nicht enden wollende Menge Sperma in den Schlund.

Sie schluckte den salzigen Saft genüsslich hinunter und begleitete diesen Vorgang mit tiefem Stöhnen.

Wir lagen anschließend eng umschlungen in ihrem Bett und streichelten uns. Als ich merkte, dass ihre Lust nicht nachließ und sie nach wie vor extrem feucht blieb, schoss auch mir das Blut wieder zwischen die Beine und ließ meinen Schwellkörper tanzen.

Sie lächelte verschmitzt und schob sich die dicke Stange in die Muschi. Sie setzte sich auf mich und bewegte sich anmutig, fast schon einer Schlange gleich, wie ich es nie zuvor bei ihr oder einer anderen erlebt hatte. Ich spürte, wie mein erigierter Penis in ihrem Körper Stellen stimulierte, die er vorher nie berührt hatte.

Charlottes Lust fand wenige Zeit später ihren Höhepunkt und zeitgleich explodierte es auch in mir.

Wenn es einen Zustand gibt, der einen mit dem Universum verschmelzen lässt, dann fühlt er sich mit Sicherheit genau so an, wie bei diesem gemeinsamen Orgasmus mit Charlotte.

Wir waren eins – Charlotte, ich und die imposante Gegenwart des Universums. Die alles umfassende Krake steckte mit ihren Tentakeln tief in unseren Chakren und verband uns pulsierend miteinander. Erschöpft fielen wir zur Seite und blieben regungslos liegen.

„Das habe ich noch nie erlebt", gestand sie mir. „Wahnsinn!"

Leider trat sie kurze Zeit später ihr Medizinstudium in einer anderen, weit entfernten Stadt an.

Ich raufte mich wieder mit Anna zusammen und gemeinsam versuchten wir, unsere Beziehung auf Vordermann zu bringen.

XVIII

„Ich stellte mich gern zur Verfügung,
sie in ihr Unglück zu begleiten"

Tim Schönhaupt

Aber es klappte einfach nicht mehr.

Die Beziehung war zu familiär geworden. Und ich entnahm Annas Vorwürfen, dass ich für sie eher ein großer Junge war. Ein Sohn.

Anna war sehr eifersüchtig. Dabei hatte ich mir fest vorgenommen, sie nie zu betrügen, um ihr nicht weh zu tun. Sie war sehr fantasievoll und steigerte sich zunehmend in ihre unbegründeten Vorwürfe gegen mich hinein. Sie ekelte sich vor den Betten in meinen Studios und Wohnungen und ging ständig davon aus, dass ich sie betrog, wenn sie nicht anwesend war.

Diese Angst war unbegründet.

Nicht einmal mit Svenja lief etwas während meiner Beziehung zu Anna, obwohl ich ständig mit meiner Make-Up-Artistin zusammen arbeitete.

Anna hörte auf, mit mir zu schlafen. Ich widerte sie an. Deswegen hielt ich es nicht mehr für nötig, meine selbstauferlegte Keuschheit anderen Frauen gegenüber zu wahren. Ist der Ruf erst ruiniert, lebt es sich ganz ungeniert.

Hier ein kleiner Tipp für Mädels in ähnlichen Situationen: so lange ihr keine Beweise für das Fremdgehen eurer Partner habt, solltet ihr eure Beziehung mit solchen Vorwürfen auch nicht belasten. Ansonsten entwickelt sich die Geschichte zu einer selbsterfüllenden Prophezeiung.

Bei Anna und mir trat dieser Fall vor wenigen Monaten ein.

Der Neffe von Anna hatte eine niedliche Russin geheiratet. Jelisaweta, kurz Lisa, war zwar bereits 24 Jahre alt, besaß aber den jugendlichen Körper einer Sechzehnjährigen.

Ich lernte sie schon vor der Hochzeit kennen und auf Grund der gegenseitigen Sympathie ergab es sich, dass die beiden mich zu ihrem Trauzeugen erkoren.

Nach meinem desaströsen Ehefiasko mit Darja halte ich nicht mehr viel von solchen Bindungen. Aber ich wusste, welche Hochgefühle die beiden gerade durchlebten und ich stellte mich gern zur Verfügung, sie in ihr Unglück zu begleiten.

Der Tag der Hochzeit nahte und ich schenkte den beiden das Fotoshooting zu ihrem gemeinsamen Traumereignis.

Es war ein rauschendes Fest, was wir vor allem der großen trink- und feierfreudigen Familie Lisas und dem hektoliterweise importierten Wodka zu verdanken hatten.

Ich streifte auf der Suche nach geeigneten Fotohintergründen durch das eigens angemietete Schloss. Meine Kamera hatte ich im Anschlag. Neugierig bewegte ich mich von Raum zu Raum.

Dabei kam ich auch am Brautzimmer vorbei, in dem Lisa sich gerade wankend aus der Tüllwolke ihres riesigen Brautkleides schälte. Außer ihr schien niemand weiter anwesend zu sein. Sie hatte mich nicht bemerkt, da sie mit dem Rücken zur Tür stand und in ihrem Suff konzentriert damit beschäftigt war, irgendwelche Bänder zu lösen. In ihrem Haar steckte der Brautschleier. Ihr Oberkörper war nackt und ich nahm wohlwollend zur Kenntnis, wie sich ihre Schulterblätter anmutig wie zwei Engelsflügelstummel bewegten.

Lisa hatte den Rock zu Boden gestreift und stieg, nur mit ihrem Slip und ihren weißen Stöckelschuhen bekleidet, elegant schwankend aus dem Stoffhaufen hinaus. Dann wendete sie sich dem barocken Lehnstuhl zu, auf dem ein enges weißes Partykleid für sie bereit lag.

Ich bewunderte ihre kleinen festen Brüstchen und die knackigen Pobacken, als ich sie im Profil sah.

Mein Schwanz stand aufrecht und in meiner dreckigen Fantasie nagelte ich die Kleine längst auf dem Stuhl mit dem cremefarbenen Damastpolster.

Lisa hatte sich vorgebeugt, um das Kleid zu greifen, hielt jedoch inne. Dann drehte sie mir mit einem hinreißenden Augenaufschlag ihr breit grinsendes Antlitz zu.

Ich stand selbstbewusst im Türrahmen und griente zurück. Mein dunkelgrauer Anzug mit dem fliederfarbenen Einstecktuch saß perfekt und ließ die Konturen meiner trainierten Muskeln erkennen. Die dunkelbraunen Lederschuhe waren auf Hochglanz gewienert.

James Bond war nichts gegen mich und es fiel mir nicht schwer, meinen Blick hypnotisierend auf Lisa zu richten, die Tür langsam zuzuschieben und abzuschließen. Lässig und meiner Wirkung bewusst, ging ich auf die Russin zu.

Die frisch angetraute Ehefrau legte das Kleid auf den Boden und streifte ihren Slip rasch nach unten, um ihn mit ihren eleganten Schühchen langsam von sich zu schieben. Dabei hielt sie kurz inne, um nicht das Gleichgewicht zu verlieren.

Sie setzte sich breitbeinig auf den Stuhl, der störrisch knarrte, als sie ihr appetitliches Gesäß auf seinen weichen Bezug sinken ließ. Mit ihrem Zeigefinger winkte sie mich demonstrativ zu sich heran und grapschte nach meiner Krawatte, als ich in die Reichweite ihrer zarten Elfenhände gelangte.

Ich beugte mich vor und platzierte einen zärtlichen Kuss auf ihrem knallrot geschminkten Porzellanmund, ohne meine Augen zu schließen.

Unsere ernsten Blicke blieben miteinander verschmolzen, während Lisa hastig meinen Gürtel und meine Hose öffnete. Sie streifte diese zusammen mit meinem Slip nach unten. Meine Lustkeule sprang wippend hervor. Lisa griff danach und bewegte ihre grazile Hand mit den pornoroten Fingernägeln vor und zurück.

Ich bäumte mich auf und stöhnte laut, um meiner hohen Erregung ein wenig Linderung zu verschaffen. Die Braut beschleunigte ihre Handbewegung und schaute mir intensiv in die Augen.

Ich erwiderte ihren Blick, während meine Linke an ihre Brust griff und meine Rechte in die empfindliche Hochsteckfrisur glitt und brutal die filigrane Schöpfung meisterlicher Frisierkunst zerstörte.

Derart mit Macht über mein Lustobjekt ausgestattet, zog ich das feierlich geschminkte Gesicht der jungen Braut zu meinem Lustspender und sie sperrte bereitwillig ihren kleinen Mund ganz weit auf.

Dieser war fast zu eng für meinen dicken Schaft, aber mit ein wenig Verkanten glitt ich ohne Probleme in Lisas Kopf, an dessen Hinterhaupt immer noch der weiße Schleier hing.

Lisa blies sehr gekonnt, würgte aber, da meine Anatomie einfach nicht für ein solch zierliches Zuckerpüppchen gedacht war. Ich zog sie nach einer Weile empor und küsste sie sehr leidenschaftlich und hingebungsvoll. Dabei schmeckte ich meinen eigenen Schwanz. Dieser war inzwischen mit Lippenstift beschmiert; ganz so, wie auch ihre weißen Zähne rote Spuren aufwiesen und somit einer Schranke ähnelten, die mich vor einem alles zermalmenden Schnellzug warnen sollte.

Meine Zunge glitt über das imaginäre Haltegebot, spürte Lisas Lippen und schob sich mit ihrer Zunge hin und her. Ich griff Lisa markant ans Kinn, fast schon, als wolle ich ihren zarten Hals würgen und drückte ihren Kopf nach hinten. Dann ließ ich einen langen zähen Speichelfaden in ihr Gesicht gleiten.

Sie öffnete karpfenartig ihre kleine Gusche und schlürfte meine Spucke gierig in sich hinein. Mit einem intensiven Schluckgeräusch beförderte sie meinen Körpersaft in ihren Magen.

Ich drehte sie um und stieß sie auf den Stuhl, auf dessen Polster sie sich mit ihrem rechten Schienbein abfing und hinkniete. Ihr linkes Bein blieb gestreckt auf dem Boden stehen und betonte die ungemein ästhetische Beschaffenheit ihrer bronzefarbenen Schenkel.

Dann drückte ich ihre Arschbacke nach außen und beugte mich hinunter, um ihr genüsslich den Anus auszuschlecken.

Sie war eine blütenreine Grazie und ich konnte nur ganz leichten Kackegeschmack wahrnehmen, der mir, serviert von diesem jungen Frauenkörper, einfach himmlisch vorkam.

Ihre enge Fotze war klitschnass und wartete ungeduldig darauf, von mir gefickt zu werden. Jedenfalls wiegte Lisa ihr Hinterteil immer unruhiger hin und her, um mir anzudeuten, dass ich meinen Stecker endlich in ihre Steckdose schieben sollte. Auch ich wollte mich nicht länger quälen und endlich in den Genuss dieses ungestümen Blutes kommen.

Ich drückte meinen Penis in die Braut, stieß jedoch auf einen kleinen Widerstand. Mit etwas mehr Druck verschwand dieser jedoch und ich konnte Lisa ungehemmt ficken.

Sie stöhnte sehr heftig und geriet in besinnungslose Rage. Jeden meiner Stöße quittierte sie mit einem „Haaa!" und meine Bumsfrequenz nahm stetig zu.

„Haaa, haaa, haaa, haaa, haaa!"

Standhaft schob ich meinen Kolben rein und raus. Ich korrigierte meinen festen Griff um ihre schmalen Hüften, um die frisch angeheiratete Nichte von Anna noch strammer zu packen und sie immer heftiger auf mein Glied zu schieben.

Obwohl ich ihn mir fest vorgenommen hatte, kam es zu keinem Stellungswechsel mehr. Dafür war Lisa zu eng gebaut, als dass ich meinen Orgasmus noch weiter hätte hinauszögern können. Und so ergoss ich mich sprudelnd in das schmale Fötzchen.

Rosafarbener Saft floss aus Lisas Möse an meinem Schwanz vorbei.

Mir wurde mit meinem zurückkehrenden Verstand klar, dass ich sie bei diesem Fick entjungfert hatte, was den anfänglichen Druck in ihrer Muschi und die Rotfärbung meines Spermas erklärte.

„Habe ich dich entjungfert?"

Scheu schlug sie ihre Augen auf und nickte.

XIX

„Nackt – bis auf die schwarzen
Hackenschuhe und den roten Nagellack"

Tim Schönhaupt

Krachend polterte Lisas kleine Schwester Svetlana aus dem Schrank. Sie hatte sich dort versteckt und uns heimlich beobachtet.

Die beiden Schwestern fingen sofort an, ganz fürchterlich zu streiten. Ich verstehe kaum Russisch und schaute amüsiert zu, wie die Hühner sich fetzten.

Svetlana zeigte ein paarmal auf mein inzwischen erschlafftes Würstchen und Jelisaweta wies ebenfalls darauf, um ihren Senf dazuzugeben. Lisa hob die Schultern, als wolle sie sagen, dass sie nichts dafür könne und mein Pimmel sich rein zufällig in ihre Möse verirrt hätte.

Sie schnappte sich ihr Kleid, verließ wütend das Zimmer und klackerte nackt auf ihren weißen Stöckelschuhen davon.

Die sechzehnjährige Svetlana und ich standen ratlos da. Sie war infolge des heftigen Streits errötet und könnten Blicke töten, würde jetzt niemand diese Zeilen lesen.

Strafend sah sie mich an, während ich bemerkte, wie überaus schön sie war. Im Gegensatz zu ihrer Schwester war ihr Körper überreif und sie beeindruckte mit zwei mächtigen Melonen. Mein Blick wurde über die zierlichen

Schlüsselbeine zu ihrem stark geschminkten Schulmädchengesicht geleitet.

Ihre Mimik verwandelte sich von der mordlustigen Furie zu einer freudig strahlenden Matroschka.

Ich bemerkte das Malheur, als ich ihrem Blick zu meinem Schwanz folgte. Dieser hatte sich auf Grund der verführerischen jungen Dame vor mir zu seiner vollen Größe emporgeschwungen und verharrte nun steif, ansehnlich und kampfbereit wie ein lauernder Speer.

Svetlana streifte sich langsam die Träger ihres blauen Kleides über ihre Schultern und zog es nach unten aus. Sie hatte keinen Slip an und war sofort nackt – bis auf die schwarzen Hackenschuhe und den roten Nagellack.

Ich liebe den Sommer!

Und alles andere war mir egal. Mein Verstand hatte schon lange ausgesetzt. Ich griff mir das kleine Biest und zog es eilig zum Fickstuhl, auf dessen Bezug noch etwas von dem rosa Sperma aus Jelisaweta klebte. Dort angekommen, setzte ich mich hin und fasste Svetlana an beide Hände. Dann zog ich sie zu mir auf den Schoß. Sie nahm behutsam Platz, indem sie erst das linke und dann das rechte Bein über meine Oberschenkel hob. Mit Nachdruck klopften ihre Pfennigabsätze auf das

Parkett. Dann ließ sie sich betont langsam nieder und nahm meinen berstend straffen Penis in ihre extrem enge Muschi auf. Da sie sehr feucht war, war das aber kein Problem. Doch ich fühlte den Druck, der von allen Seiten auf meinen harten Freudenspender einwirkte.

Svetlana erhob sich langsam, bis ich fast wieder aus ihr hinausglitt. Dies verhinderte sie jedoch, indem sie mit ihrer Möse an meiner Stange wieder nach unten rutschte.

Sie bewegte sich schneller und schneller und fing an, heftig zu schreien und zu stöhnen. Die helle Mädchenstimme war etwas ungewohnt für mich. Aber ich empfand das nicht als unangenehm. Im Gegenteil; Svetlana gab elfenhaft zarte Hach- und Och-Laute von sich, die mich unglaublich scharf machten.

Ich saß, stramm fickend, auf dem Stuhl und konnte keinen klaren Gedanken mehr fassen. Das, was hier gerade ablief, war die pure Schöpfung. Zwei schöne Tiere ließen ihren Trieben freien Lauf und zeugten Nachwuchs; ganz so, wie es ihr naturgegebener Auftrag ist.

Wir küssten uns nicht.

Wir schauten uns nicht an.

Svetlanas Augen waren geschlossen, ihre Linke hatte mein Genick gepackt und ihre rechte Hand zog ihre Brust immer wieder brutal straff nach oben. Meine Hände hielten ihre Hüfte krampfhaft fest und ich drückte meinen Penis im Takt des hüpfenden Mädchens so tief wie möglich in sie hinein. Dabei blickte ich wie hypnotisiert auf den hüpfenden Warzenhof vor meinen Augen.

Svetlana kam zuerst.

Die Intensität ihrer hohen Schreie hatte stark zugenommen, um dann jedoch schlagartig zu verstummen. Sie presste mit geschlossenen Lippen ein langgezogenes „Hmmmmmm" heraus und beugte sich vor. Ihr Kinn legte sie auf meine Schulter, während sie ihren drahtigen Körper noch ein paarmal zucken ließ. Ihr süßes Kaugummiparfüm schlich sich in mein Gehirn und löste eine Dopaminlawine aus, die sich in meinem Sperma manifestierte und über meinem Lustzipfel in Svetlana hineinstürzte.

Schwall auf Schwall drang in die heißgefickte Fotze des Schulmädchens. Ich schaute in meinen Schoß und war schlagartig nüchtern, was an dem überwältigendem Déjà-vu lag: aus ihrer Muschi rann rosa Sperma.

Mein Schwanz war in dem zart blutigen Schleim getränkt und ich traute mich kaum zu fragen.

„Habe ich dich entjungfert?"

Scheu schlug sie ihre Augen auf und nickte.

XX

„Sie wurde seelisch angeschossen"

Tim Schönhaupt

Oft fotografierte ich Motive, die vorher in meiner Fantasie bereits vollends ausgereift waren. So wollte ich immer schon eine Fotoserie mit einer Asiatin realisieren, die weiße Kopfhörer aufhatte und verschiedene Posen in einem Bett einnahm.

Ein Model fand sich schnell, da ich zu diesem Zeitpunkt bereits gut zahlen konnte. Sie hieß Linh. Ihre Großeltern waren vietnamesische Gastarbeiter gewesen. Linh selbst war eine waschechte Berlinerin mit den vielen Vorzügen ihrer asiatischen Vorfahren.

Das exotische Mädchen wurde von Svenja vorbereitet und posierte dann folgsam gemäß meinen Anweisungen.

Im Verlauf des Shootings schüttelte Svenja, von Linh unbemerkt, mit dem Kopf. Das bedeutete, ich solle meine Finger von dem Model lassen und meine Geilheit gefälligst beherrschen, bis Linh wieder weg war.

Normalerweise war auf Svenjas Einschätzung immer verlass. Ohne sie wäre ich vermutlich schon längst als vergewaltigender Triebtäter verhaftet worden und würde mein Dasein beim allabendlichen Seifentanz unter der Dusche der nächsten Justizvollzugsanstalt fristen.

Nur bei Linh vertraute ich nicht auf ihr Urteil. Ich war mir nicht sicher, aber irgendetwas ging in dieser zierlichen Asiatin vor, was Svenja nicht bemerkt hatte. Ich verließ mich auf mein Bauchgefühl und bat Svenja heimlich, uns allein zu lassen.

Linh wurde sofort viel entspannter und gelassener, als Svenja die Studiotür hinter sich geschlossen hatte.

„Wo will sie denn hin?", fragte Linh.

„Sie war hier fertig", klärte ich sie auf. „Ich brauchte sie ja nur, um dich zu schminken."

„Das hat sie super hinbekommen", lobte Linh die erstklassige Arbeit von Svenja. „Aber ich mag sie nicht."

„Oh, das ist ehrlich", gestand ich ein.

„Sie ist falsch. Du solltest aufpassen", warnte mich Linh, während sie sich auf den Rücken rollte und ihren Slip straff nach oben zog, so dass die Ritze sichtbar wurde.

„Sie ist verwundet", nahm ich Svenja in Schutz. „Sie wurde seelisch angeschossen."

„Borderline?", fragte Linh.

Ich nickte ernst.

Unser folgendes Gespräch drehte sich dann um die unterschiedlichen Borderline-Typen und die Auswirkungen ihrer Einzelleiden, während ich fortlaufend Fotos machte. Nebenbei erfuhr ich, dass Linh Psychologie studierte. Sie beeindruckte mich sehr. Ich war begeistert von ihrer klaren Auffassung von Leben und Tod und von Gut und Böse.

Das Gespräch voll weiser asiatischer Zen-Philosophie nahm abrupt ein Ende, als Linh unvorhergesehen das Thema wechselte.

„Fickst du alle deine Modelle?"

„Das ist eine sehr persönliche Frage", erwiderte ich perplex. „Wie kommst du denn jetzt darauf?"

„Wenn es so wäre, dann könnte ich die Mädels verstehen", fing sie an, zu flirten.

„Das ist nett von dir. Ich mag dich auch Linh."

„Und? Was ist nun mit den anderen?", blieb sie standhaft.

„Ich habe sie noch nie dort gehabt, wo ich dich jetzt hab", antwortete ich wahrheitsgemäß. Der Satz sollte so klingen, als hätte ich nie etwas mit einem anderen Model angefangen.

Des Weiteren führte er Linh vor Augen, dass sie es war, die sich, nur mit Slip und dünnem Unterhemd bekleidet, lasziv auf meinem weißen Bett räkelte und mir schöne Augen machte.

Ihr genügte diese Antwort und sie zog mich an meinem Hosensaum zu sich. Ich legte die Kamera ab und beugte mich über die schöne Geisha, um sie intensiv zu küssen.

Ihre Brüste waren klein, besaßen aber zwei sehr kräftige Nippel. Das war mir vorher schon aufgefallen. Es genügte, um zärtlich daran zu saugen und meinen Fingern als Spielzeug zu dienen. Außerdem roch sie verdammt gut, so dass ich meinem Riechkolben immer wieder tiefe Züge ihres exotischen Duftes gönnte.

Linh war sehr sinnlich. Sie hatte die Augen geschlossen und bäumte sich elegant auf, während meine Lippen ihre Haut streiften.

Ich hatte sie schnell ausgezogen, während ich selbst noch ein Weilchen bekleidet blieb. Mir gefiel es, wie ihre dunkel behaarte Möse über den groben Stoff meiner Hose glitt oder ich mit genießerischem Blick den Bewegungen meines verhüllten Armes über ihren nackten schutzlosen Körper folgen konnte. Schließlich zog ich mir die Hose runter und näherte meine tropfende Liane ihrer dunklen Jasminblüte.

„Sei bitte vorsichtig", raunte sie in mein Ohr und verwandelte meine Liane mit gekonnten Handgriffen in einen Gummibaum.

Ganz langsam schob ich meinen kautschuk-verpackten Schnabel in ihren weiblichen Blütenkelch, als gelte es, möglichst wenig Pollen zu verschütten. Linh gab ein tiefes Stöhnen von sich.

„Oh Tim!"

Wie ein ausdauernder Kolibri stieß ich immer wieder zu und vögelte sie hingebungsvoll und genießerisch. Und auch Linh genoss das Naturschauspiel und die Berührungen unserer sich windenden Körper sehr.

„Ich will dich in den Arsch ficken Linh", flüsterte ich ihr ins Ohr. Doch sie lehnte ab. Sie traute sich nicht und ich wollte sie auch nicht drängen. Also genoss ich es einfach, die warme weiche Asiatin zu spüren.

Linh kam nicht.

Dafür war mein Auftritt um so stürmischer. Ich gab mich völlig meinen Gefühlen hin und es raunte und stöhnte genussvoll aus mir heraus.

Ich spürte, wie ein bombastischer Orgasmus sich anbahnte und spritzte heftig zuckend ab. Selbst als keine Samenflüssigkeit mehr kam, schauderte es mich noch vor Glück.

Dankbar küsste ich die liebreizende Lotosblüte und wir streichelten uns in einen tief zarten Schlaf.

Als wir wieder wach wurden, waren wir ein Paar. Aber leider hielt die Beziehung zu Linh nicht lange. Sie bekam mit, dass ich es mit der Treue nicht mehr so genau nahm und hatte heimlich zugeschaut, als Svenja und ich uns einem wilden Stelldichein in der Garderobe ergaben.

„Darf man nur einen Menschen lieben?", fragte ich empört, als sie mich vor die Wahl stellte: „Sie oder ich!"

Diesen Satz hätte sie sich verkniffen, wenn sie gewusst hätte, wie wertvoll Svenja in jeder Hinsicht für mich war. Und somit blieb mir nur, Linh höflich die Tür zu weisen.

Und so verließ mich die süß-saure Asiatin wieder.

XXI

„Traum aus verschlungener
Milch und dunkler Schokolade"

Tim Schönhaupt

Nicht nur exotische Asiatinnen fanden ihren Weg zu mir. So rief mich zum Beispiel an einem wüstenheißen Sommertag Bikira an. Bikira wollte Erinnerungsfotos von sich und ihrer Schwester Gladis machen lassen. Gladis lebte in Ghana und besuchte Bikira alle paar Monate in Deutschland.

Ich freute mich auf dieses Shooting. Ich hatte mir die Bilder von Bikira im Internet angeschaut und ahnte, dass sie sehr schön war.

Als sie dann jedoch leibhaftig vor mir stand, verschlug es mir die Sprache. Bikira war eine elegante Schokogöttin. Sie hatte strahlend weiße Zähne und einen geheimnisvollen schwarzen Blick. Gladis trat etwas verschüchtert hinter ihr vor und schlug scheu die Augen auf. Sie stellte Bikira mit ihrer überragenden Schönheit sofort in den Schatten. Ich hatte soeben noch gedacht, dass kein hübscheres Wesen als Bikira auf Erden wandelte. Doch Gladis bewies mir, dass meine Vorstellungskraft recht beschränkt war.

Gladis umgab die faszinierende Aura einer Wüstenkönigstochter. Sie ähnelte ihrer Schwester vom schlanken Körperbau. Aber ansonsten mussten sie einen anderen Vater gehabt haben, denn der Rest wies starke Unterschiede auf. Am meisten beeindruckten mich ihre grünen Augen, die mich wie zwei kleine Smaragde in ihren Bann zogen und mich sofort abgrundtief in sie verlieben ließen.

Ich gebe zu, dass ich von dieser geballten Schönheit der beiden etwas eingeschüchtert war. Ich bat sie freundlich hinein und bot ihnen einen Snack an. Wir unterhielten uns auf Englisch, da Gladis kein Deutsch sprach.

Während unseres Gespräches atmete ich tief durch und kam langsam wieder runter. „Das sind auch nur zwei ganz normale Mädchen", sagte ich zu mir. „Sie haben ihre Leben mit den gewöhnlichen Alltagssorgen und auch sie müssen essen, kacken, pupsen."

Während ihre glittergesäumten rosafarbenen Fürzchen in meiner Fantasie verpufften, fragte ich mich, wie sie nackt aussehen und konzentrierte mich darauf, mir ihre schwarzen Kleider wegzudenken.

Bikira hatte elegante Low-Key-Aufnahmen gebucht. Das sind Fotos, die sehr dunkel gehalten sind. Ein bekanntes Beispiel, welches diesen Stil verdeutlicht, ist das Motiv eines schwarzen Panthers bei Nacht, von dem man nicht viel mehr erkennt als die funkelnden Katzenaugen und die Konturen seiner Muskeln, die sich aus der Dunkelheit schälen.

Svenja schminkte diesmal sehr dezent und betonte Bikira an manchen Stellen mit violetten und rosa Akzenten, während Gladis leicht grün geschminkte Augen erhielt, passend zu der Farbe ihrer smaragdgrünen Iriden. Dann begleiteten wir die Mädels zu dem dunklen Bett und das Shooting begann.

Zunächst blitzte ich mich etwas warm und versuchte, die „Schokoladenseiten" der beiden herauszufinden; ein Wortspiel übrigens, über das sie beide sehr lachten, nachdem ich es ihnen erklärt hatte. Sie beeindruckten allerdings von jeder Seite und aus jeder Blickrichtung.

Ich hatte zum ersten Mal zwei Modelle vor mir sitzen, bei denen ich nichts weiter machen musste, als die Kamera auf sie zu richten, um zu gelungenen Aufnahmen zu kommen.

Das hatte ich bis dahin noch nie erlebt. Bisher hatte jedes meiner Fotomodelle eine ungünstige Seite und ich produzierte normalerweise viele Bilder für den digitalen Papierkorb. Bei diesen beiden war das nicht der Fall. Als ich schon viele tolle Motive für die Ewigkeit festgehalten hatte, fragte Bikira mich, wann es denn endlich losgehen könne.

Im Scherze sagte ich: „Na jetzt", obwohl wir schon lange dabei waren.

Bikira flüsterte daraufhin etwas zu ihrer Schwester und beide begannen, sich die schwarzen Kleider auszuziehen.

Ich schluckte.

Vor mir entblößten sich die perfektesten nackten Körper, die ich je in meinem Leben zu Gesicht bekommen durfte. Sie lagen auf dem Bett, Schulter an Schulter auf ihre Unterarme gestützt; Gladis links von mir, rechts gespiegelt von Bikira.

Da hatte ich wohl etwas falsch verstanden, als Bikira mich um Erinnerungsfotos bat. Ich ging davon aus, dass es sich um unschuldige Aufnahmen für das Familienalbum handeln sollte. Ich sprach das auch an und Bikira lachte. Sie klärte mich darüber auf, dass ihre „Schwester" ihre Frau sei. Auf Grund der Anfeindungen und des Unverständnisses ihrer gemeinsamen Liebe gegenüber, traten sie im Alltag jedoch als leibliche Verwandte auf, was das Leben einfacher machte.

Die beiden Afrikanerinnen begannen, sich zu streicheln und kurze Zeit später küssten sie sich innig. Ich bediente meinen Fotoapparat mechanisch, korrigierte ein wenig die Einstellungen der Studioblitzanlage und hielt die Kamera weiter wie hypnotisiert auf die Szenerie gerichtet.

Svenja starrte wie gebannt auf die sich windenden Ebenholzkörper. Und ich roch und sah ihr auch an, dass sie zutiefst erregt war. Grinsend verkroch ich mich hinter mein großes lichtstarkes Objektiv und ging ganz nah an die Mädels ran.

Im Sucher erschienen die samtglatten Konturen von Bikiras Oberschenkeln, die sich gerade eng an die von Gladis drängten.

Als ich die Blickrichtung an ihren Schenkeln empor zu den Brüsten änderte, wechselte Bikira gerade die Liegerichtung und spreizte dafür kurz die Beine. In meinem Sucherfenster blitzte es rosa auf.

Die beiden Wüstenblumen waren komplett rasiert und Bikira begann, Gladis' Venushügel mit ihren violett lackierten Fingern, die elegant geschlossen blieben, sanft zu massieren.

Gladis atmete zunehmend unruhiger. Die Küsse der beiden wurden wilder und vor mir entfesselte sich ein frenetisches Liebesspiel zwischen den beiden afrikanischen Gazellen.

Der orientalische Sandelholzduft ihrer Körper raubte mir die Sinne. Die gelungenen Aufnahmen dieses Abends verdanke ich nur meiner Erfahrung und den blind einstudierten Abläufen im Studio. Alles lief nur noch rein instinktiv ab.

Svenja biss sich neben mir auf die Lippe und verfolgte gebannt das zarte Spektakel, bei dem sie liebend gern mitgemacht hätte. Ihre Hand glitt unbewusst am Stiel ihres Schminkpinsels auf und nieder und wäre er ein männliches Wesen, hätte er vermutlich ejakuliert.

„Hättet ihr etwas dagegen, wenn wir Svenja ins Spiel bringen?", meine große Klappe war wieder mal schneller als der kleine übrig gebliebene Rest meines Verstandes.

„Nein. Gute Idee. Ist bestimmt ein schöner Kontrast", ließ Bikira meine geheimsten Träume wahr werden.

Svenja zog sich sofort aus und begab sich drängend zu den beiden Schönen aufs Bett. Diese nahmen Svenja in die Mitte und streichelten sie fürsorglich. Sie nahm eine aufreizende Pose ein und berührte ihrerseits Gladis.

Ich schoss weiter meine Fotos und verfolgte das Spiel mal mit Abstand und mal aus intensivster Nähe. Ich betrachtete diesen wunderschönen Traum aus verschlungener Milch und dunkler Schokolade, während meine Visagistin ihn erleben durfte.

Nimmersatt stöberte sie mit ihrer Zunge im Mund von Gladis herum, um kurz darauf mit der feuchten Spitze um den dunkelvioletten

Warzenhof von Bikiras Brust zu kreisen. Langsam nahm das Spiel an Intensität zu.

Die drei Mädels liebten sich in Rage.

Ich habe noch ganz genau vor Augen, wie Gladis schlanke Finger die Schamlippen von Svenja spreizten, um ihr kurz darauf zusammen mit den filigranen Schokostäbchen von Bikira in die Muschi zu fahren.

Die beiden dunkelhäutigen Wildkatzen fingerten Svenja streng und fordernd. Svenja war wehrlos und diesem Spiel völlig ergeben. Sie blickte fasziniert auf ihre Muschi und auf das, was mit ihr gemacht wurde.

Meine Make-Up-Spezialistin stöhnte laut und regelmäßig ihr lustvolles Leiden von sich. Die Fingerchen von Bikira und Gladis grapschten ins Innere von Svenjas Möse, während ihre Daumen an ihrer Klitoris rieben.

Bikira begann dabei, sich selbst mit der anderen Hand zu befriedigen, während Gladis mit ihrer freien Hand an der Brust von Svenja spielte.

Svenja warf sich zurück und Bikira und Gladis beugten sich über sie, um sich gegenseitig die Zungen in den Rachen zu schieben.

Ihre kleinen Brüste lagen auf denen von Svenja; Skandinaviens steile Gebirge trafen afrikanische Hügelketten und liebkosten diese zart.

Svenja bäumte sich auf und durchbrach das Zungenspiel der schwarzen Gazellen. Sie hörte nicht auf, zu schreien, während die beiden „Schwestern" sie nicht aus ihrer Zange entließen und ihre Muschi weiterhin mit zuckenden Bewegungen malträtierten.

Svenja keuchte und schrie noch einmal und spritze auf mein Objektiv, welches ich in diesem Moment an ihre weit geöffnete Möse herangefahren hatte.

„Selbst schuld", dachte ich schulterzuckend, grinste und trat zurück.

Svenja strullerte auf die Finger der braunen Liebesgöttinnen und durchnässte auch mein schönes dunkles Bettzeug. Sie drückte den nassen Stoff vom Bett und beugte sich zu Bikira, um sie zärtlich zu küssen und zu streicheln. Gladis jedoch entzog sich den beiden und begann, an meiner Hose herumzunesteln, während ich mein Objektiv säuberte.

Bikira schaute uns aufmerksam zu, während Svenja, in tiefer Liebe versunken, von ihren dunklen Brüsten naschte. Bikiras Schokoradome waren darauf ausgerichtet, Liebesenergie aus der ganzen Welt zu empfangen und meine

Schminkexpertin ließ ihnen mehr als genug davon zukommen.

Gladis saugte und lutschte gekonnt an meinem Schwanz, während sie den Schaft mit ihren beiden schmalen Händen fest umschlossen hielt.

Ihre Augen waren genussvoll geschlossen und ihre Wangen wölbten sich im Takte der Kopfbewegungen. An meiner Schwanzspitze spürte ich die Zunge und den Rachenraum von Gladis, während ihre Zähne an meinem Schaft auf und ab glitten. Gern hätte ich sie gefickt, aber ich konnte nicht mehr widerstehen.

Gladis öffnete ihre reinweißen Augen, in deren Mitte die Smaragde leuchteten und warf mir einen verlangenden Blick zu. Als hätte jemand eine Bombe in einen brodelnden Vulkan geworfen, löste ihr glühender Blick eine Eruption in mir aus.

Ich spritzte ihr die erste Ladung in den Mund und zog dann meinen Schwanz aus ihr raus, um ihr den Rest ins Gesicht zu schießen. Explosionsartig wurde das weiße Sperma auf der dunkelbraunen Haut verteilt.

Sie hielt ihre Augen geschlossen, während ich eine Spermasalve nach der anderen in ihr Gesicht entlud. Erschöpft sackte ich zusammen und Gladis wischte sich die Sahne mit den Fingern aus dem Gesicht, leckte sie genüsslich ab und befreite sie vom Rest meines Ejakulats. Die beiden anderen sahen zu, während sie sich eng umschlungen hielten und sinnlich streichelten.

„Kann man schon etwas sehen?“, fragte Bikira. Und lächelnd begab ich mich mit den drei nackten Mädels an den Computer, um die vielen beeindruckenden Bilder zu betrachten, die an diesem Abend entstanden waren.

Das war toll!

Die drei schönsten Frauen der Welt standen wohlig duftend neben mir und himmelten mich an, ob der fotografischen Leistung, die ich vollbracht hatte.

Dabei war es ein Kinderspiel gewesen; bei solch perfektem Ausgangsmaterial.

XXII

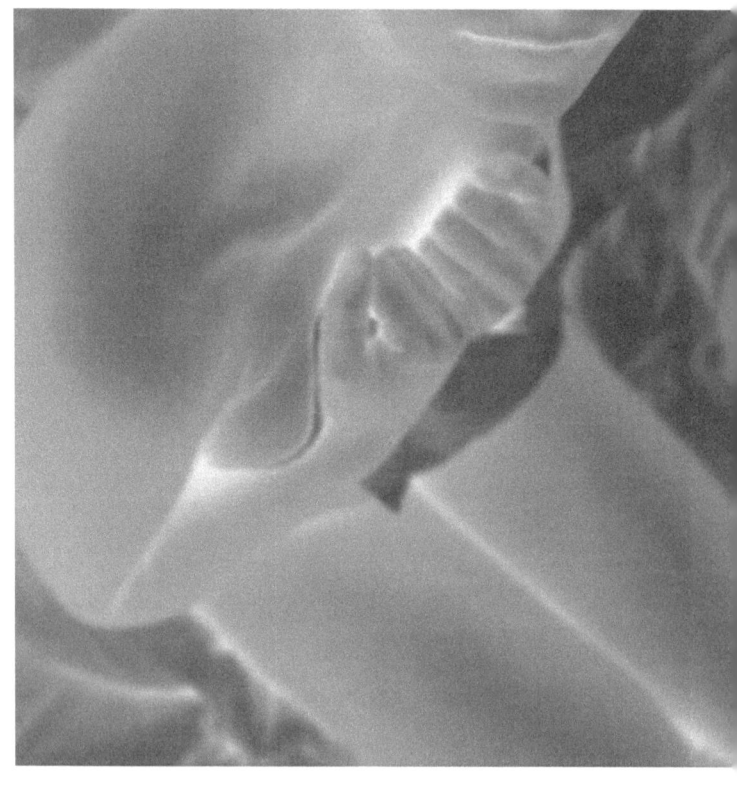

*„Das Buch des Lebens ist bereits
spannend, während man es schreibt"*

Tim Schönhaupt

„Ich bin fertig", ruft Jessie triumphierend.

Einen Augenblick später verstummt der brüllende Gasboiler, der ihr eben noch den heißen Wasserstrahl auf ihre pralle Klitoris gepumpt hatte.

Mein Blick wandert an den Großaufnahmen der Frauen entlang, die ich geliebt habe oder noch liebe. Manche von ihnen warfen mir vor, ich kenne die wahre Liebe nicht. Vielleicht ist diese aber auch eine fantastische Illusion und wir streben nach einem Liebesoptimum, welches nie erreicht werden kann.

Wenn ich der Stimme meines narbenreichen Herzens liebevoll lausche, tauchen zwei weibliche Wesen immer wieder vor meinem geistigen Auge auf. Und von diesen beiden Wesen überragt eines das andere um Längen. Es handelt sich um einen Menschen, der definitiv nicht durch Begriffe wie Sex und Lust an mich gebunden ist, sondern mit seinen Blicken und seiner liebreizenden Art eher Wärme und grenzenlose Hoffnung in mir weckt. Es ist meine kleine Tochter; meinem Herzen gleichwertig.

Ich schwelge gern in meinen Gedanken an das kleine Mädchen und in den Erinnerungen an vergangene Zeiten. Das Buch des Lebens ist bereits spannend, während man es schreibt.

Inzwischen bin ich in die Jahre gekommen und Jessie ist die erste Frau, die meine zunehmenden Erektionsschwierigkeiten ertragen muss. Kondome konnte mein spritzfreudiger Kindermacher noch nie leiden. Und wann immer ich ihn heutzutage in eine dieser engen Gummitüten zwängen soll, zieht er sich schmollend zurück.

Aber vielleicht stimmt es ja tatsächlich, dass es Dinge an einem reifen Mann gibt, die für eine Frau wertvoller sind, als der kleine kampfmüde Speer zwischen seinen Beinen.

Jessie jedenfalls macht mich glücklich und ich möchte, dass sie bei ihren Gedanken an mich ebenso empfindet.

Sie ist gekommen.

Und ich bin froh, dass sie da ist.